Die Herberge

Uwe Schulz-Kopanski

Die Herberge

Bibliografische Information der Deutschen Nationalbibliothek:
Die Deutsche Nationalbibliothek verzeichnet diese Publikation in der Deutschen
Nationalbibliografie; detaillierte bibliografische Daten sind im Internet über
http://dnb.dnb.de abrufbar.

Herstellung und Verlag: BoD – Books on Demand, Norderstedt

ISBN: 978-3-7543-8517-3

Die Herberge

Westberlin,
Jugendherberge im Stadtzentrum

In tiefer Dankbarkeit

Für euch alle, ihr Guten

Ich habe euch nicht vergessen

I

Also eigentlich sieht sie ja doch ganz niedlich aus, dachte ich gerade so bei mir, als ich mit Julia mal wieder ein bisschen am Herumalbern war, da kamen plötzlich auch schon zwei Päckchen Kaffee auf mich zugeflogen, und zwar aus dem hintersten Winkel der Vorratskammer. Immerhin fing ich sie beide halbwegs gekonnt, wahrscheinlich wirkte es sogar einigermaßen lässig. In jeder Hand eins haltend, schlug ich sie erst noch ein paarmal spielerisch gegeneinander, wie zwei zu prüfende Ziegelsteine, bevor ich sie rüber zum Ausgabetresen trug. Dort schnappte ich mir das kleine Messer und stach die Vakuumverpackungen in der Mitte an, wobei es leise zischte, um sie dann ringsherum fast gänzlich aufzuschneiden. Den aromatisch duftenden Inhalt ließ ich in die vor mir stehenden Filterkörbe rieseln, in diese suppentopfgroßen Behälter mit Drahtgitterboden und Papiereinlage, die ich hinterher wieder ganz nach oben auf die blanken Edelstahl-Türme der großen, fest an der Wand installierten Kaffeemaschine hob. Zum Schluss schwenkte ich bloß noch den Wasserzulauf bis zum Anschlag nach rechts und drückte unten den Kippschalter, und das wars. Das rote Lämpchen ging an, man hörte ein leises Plätschern, und schon begann sich der erste der beiden Zwölf-Liter-Tanks allmählich mit frisch gebrühtem Kaffee zu füllen. In ungefähr einer Viertelstunde würde diese Seite durchgelaufen sein, danach käme dann die andere dran.

Während ich anschließend stapelweise Teller und ein Dutzend Tabletts mit Tassen nach vorn zum Tresen brachte, bereitete Julia die Servierwagen für die Gruppen vor. Wir beide waren ein eingespieltes Team, Julia und ich, wir hatten schon oft zusammen die erste Stunde in der Küche übernommen. Julia war eine verträumte Maus Anfang Zwanzig, kaum ein Meter sechzig groß und mit der Statur (von einer Figur konnte man da wohl kaum sprechen) einer besonders zierlichen Ballettelevin. Neulich nach der Arbeit hatte ich auch mal kurz ihre Schwester kennengelernt, draußen im Foyer, die war ein genauso winziges Persönchen. Eineiige Zwillinge eben. Wahrscheinlich hatte sich der liebe Gott bei ihrer Geburt erst im allerletzten Moment entschieden, ausgerechnet diese spezielle Leibesfrucht in zwei Babys zu portionieren. Aber das nur am Rande.

Als ich etwas später mit zwei Kartons Butter aus dem Keller hochkam und die ein wenig klemmende Tür hinter mir mit der Schulter zudrückte, war inzwischen auch der Rest der Frühschicht eingetroffen und machte sich so langsam startklar: die beiden jungen Küchenhelferinnen Milana und Nang, und Omar, der grauhaarige türkische Koch. Frau Bauer, die Küchenleiterin, steckte bloß vom Flur her kurz ihren Kopf zu uns rein, grüßte in die Runde und verschwand danach wie üblich gleich wieder in ihrem Büro.

Nang, unsere so gut wie immer fröhliche Thailänderin, stellte als Erstes die Schüsseln für das benutzte Besteck nach draußen und bereitete dann wieder einmal allein die Spülmaschine vor, während Milana, eine mit jedem Tag mehr in die Breite gehende Jugoslawin um die Dreißig, die bereits vier Kinder hatte, lediglich die Henkel der auf den Servierwagen stehenden Blechkannen etwas zurechtrückte. Sie spielte sich gern ein bisschen als Chefin auf, obwohl sie selber erst seit gut einem Jahr hier arbeitete. Anscheinend glaubte sie, dass ihr als ‚Multi-Mutter' (wie sie sich vor Kurzem einmal selbst genannt hatte) auch im hiesigen Kollegenkreis ein paar Privilegien zustehen müssten. Zumindest gab es deswegen öfter mal kleinere Reibereien.

Kurz bevor der Trubel richtig losging, schnitt ich schnell noch etwas Vollkornbrot auf, denn erfahrungsgemäß wollten manche Gäste keine Brötchen. Da klingelte auf einmal das Wandtelefon. Julia, die gerade an der zweiten Säule der Kaffeemaschine hantierte, stöhnte genervt und nahm ab. Die Rezeption war dran, offenbar hatte eine Gruppe kurzfristig vier Teilnehmer zum Frühstück nachgemeldet. Augenrollend murmelte Julia etwas in den Hörer, legte auf und rannte los, um ein weiteres Tablett mit Wurst und Käse vorzubereiten.

„Na wollen wir mal nicht so sein", brummte ich schließlich, als die ersten drei Gäste vorn am Tresen auftauchten, und begann mit der Ausgabe. Obwohl es ja eigentlich noch zwei Minuten zu früh war; Frühstück gab es nämlich immer erst ab sieben Uhr.

Kaum hatte ich die ersten Teller über den Tresen geschoben und dazu ein paar Tassen Kaffee gezapft, da bemerkte ich plötzlich, dass oben aus dem rechten Filtertopf eine dunkle Brühe quoll, die in breiten Schlieren gemächlich an der Maschine herabsank und sich überall gleichmäßig wie ein brauner

Schleier über den blanken Edelstahl legte. Verdammt, schoss es mir durch den Kopf, denn ich wusste augenblicklich, was los war, und im selben Moment hörte ich auch schon Milana zetern, die das Malheur ebenfalls entdeckt hatte. Sofort griff ich mir einen großen Löffel und stupste damit das Zulaufrohr oben an der Kaffeemaschine, das jetzt mit wütendem Röcheln ununterbrochen kochendes Wasser spuckte, auf die andere Seite rüber, natürlich mit der gebührenden Vorsicht. Also auf Zehenspitzen tänzelnd und immer schön Abstand haltend, um den brühend heißen Spritzern zu entgehen.

Puh, das wäre geschafft, dachte ich erleichtert, als es Sekunden später im linken Behälter beruhigend zu tröpfeln begann. Julia hatte nämlich vorhin das Umschwenken des Rohres vergessen, als sie beim Anstellen der zweiten Säule vom Klingeln des Telefons unterbrochen worden war.

Allerdings hatte sich das Problem damit noch nicht gänzlich erledigt, denn der Kaffee im übervollen rechten Tank, inzwischen zu einer faden Plörre verwässert, würde nun ebenso ungenießbar sein wie das viel zu starke, tiefschwarze Gebräu, welches sich gerade im linken Kessel ansammelte. Weil sich der Automat ja stets von selber nach der gleichen Wassermenge abschaltete. Also zapfte ich von jeder Seite der Kaffeemaschine nun einfach noch ein paar große Blechkannen voll ab, rechts freilich etwas mehr als links, und goss die heiße Flüssigkeit anschließend gleich wieder oben in den jeweils anderen Stahlturm hinein, bis die Mischung am Ende ungefähr stimmte. Routiniert wie ein alter, gerissener Weinpanscher, auf einer wackligen Gemüsekiste als Tritthilfe stehend.

„Katastrophe überstanden, alles okay", verkündete ich hinterher erleichtert und grinste, als ob nichts gewesen wäre, und mit gedämpfter Stimme fügte ich an Julia gerichtet tröstend hinzu: „Na ist doch logisch, ein einzelner Zwilling kann sich eben immer nur um die eine Hälfte des Blechmonsters kümmern, hm?". Woraufhin sie mir ein rührend zaghaftes Lächeln schenkte. Auch Milana hatte sich nun wieder beruhigt, vor allem nach einem dezenten Hinweis von Omar, dass ihr vor nicht allzu langer Zeit ja wohl genau das gleiche Missgeschick passiert wäre. Jedenfalls, als die Küchenchefin Frau Bauer ein paar Minuten später aus ihrem Büro kam und einen flüchtigen Blick in Richtung Tresen warf, da sah sie nichts weiter, als dass vorn alles flutschte. Von irgendeiner Panne hatte sie Gott sei Dank nichts mitgekriegt.

Heute stand ich zusammen mit Julia vorn an der Essensausgabe. Mit ihr klappte es eigentlich immer ganz gut, man musste bloß darauf achten, dass man sich in der Hektik nicht zu sehr in die Quere kam. Meist bediente ich die Einzelgäste und Julia fertigte die jetzt Schlag auf Schlag eintreffenden Gruppen ab. Wie am Fließband füllte sie Tee- und Kaffeekannen, stellte sie auf die von ihr vorbereiteten Servierwagen und schob diese dann durch die geöffnete Tresenklappe in den Saal hinaus, während ich zügig Essensbons einsammelte, Teller ausreichte und mich immer wieder, die Tasse auffordernd in der Hand haltend, wie eine Sprechpuppe erkundigte: ‚Tee oder Kaffee? Tea or coffee?'. Wobei ich nicht selten ein zerstreutes ‚äh, yes, please!' zur Antwort erhielt, so dass ich zuweilen ernsthaft in Versuchung geriet, diesen Schnarchnasen tatsächlich einmal völlig ungerührt beides zusammen in ein und dieselbe Tasse einzuschenken und sie danach einfach bloß mit einem professionellen ‚der Nächste bitte!' stehenzulassen.

Gegen neun war der Andrang am größten, und Milana und Nang an der Spülmaschine hatten ein bisschen Mühe, für ausreichend sauberes Geschirr zu sorgen, besonders die Tassen wurden schnell knapp. Mit langem Arm fischte ich mir dann selber manchmal ein oder zwei Dutzend aus dem dampfigen Inneren der Maschine heraus, noch so richtig schön auf Backofentemperatur und ganz frisch mit Wassertropfen dran, wenn sie gerade erst halb durch die Trocknung gelaufen waren. Aber egal, sagte ich mir, Hauptsache am Tresen konnte es ohne Unterbrechung weitergehen. Zwischendurch schlitterte ich auf den nassen Fliesen auch mal ab und an nach hinten, um Marmelade gegen Honig oder Pflaumenmus umzutauschen oder irgendeinen anderen Extrawunsch zu erfüllen. Margarine statt Butter, eine Scheibe dunkles Brot, oder noch ein zusätzliches gekochtes Ei oder eine Tasse Milch. Solange höflich gefragt wurde und es nicht unverschämt war, ließ sich wirklich fast alles ermöglichen. Besonders natürlich, wenn ein hübsches Mädchen um etwas bat. Und von denen gab es hier so viele, jeden Tag! Genau deshalb machte ich ja am liebsten die Ausgabe, weil man diese göttlichen Geschöpfe da eben ganz aus der Nähe zu Gesicht bekam und hin und wieder mit etwas Glück sogar zum Lächeln bringen konnte. Das war doch das Beste an diesem Job überhaupt! Denn dann fühlte man sich wirklich wie ein kleiner

König; für einen Augenblick schien die Sonne und es herrschte plötzlich Stille im Auge des Orkans; alles hielt an, und zumindest einen Moment lang war das tosende Durcheinander ringsum schlagartig ganz weit weg. Jedenfalls, auf die Mädchen kam es dabei am allermeisten an, das stand fest.

Kurz vor zehn schob ich von draußen den letzten vollen Wagen mit schmutzigem Geschirr in die Spülecke hinein und löste Nang an der Maschine beim Einsortieren ab.

„Wird auch Zeit, heute du spät!", stöhnte sie lachend, zog die Gummihandschuhe aus und ging zu den anderen rüber, um das Chaos in der Küche schon mal ein bisschen aufzuräumen.

„So, Pause!", rief Julia schließlich eine Viertelstunde später und schlug dazu übermütig zwei Topfdeckel zusammen, genau als die letzten drei Gäste den Speisesaal verlassen hatten. Umgehend schaltete ich die Spülmaschine aus und atmete erst mal befreit durch. Endlich Ruhe! Zumindest das Schlimmste war damit für heute überstanden. Wir ließen alles stehen und liegen und wuschen uns bloß noch schnell die Hände. Der Rest konnte warten, denn jetzt war Kaffeepause. Oder zweites Frühstück, je nachdem. Unser Personaltisch war jedenfalls reichlich gedeckt, mit allem, was die Küche zu bieten hatte.

Auch Frau Bauer kam aus ihrem Büro und setzte sich zu uns.

„Hundertdreißig", ließ sie uns wissen, nachdem sie die Schüssel mit den Bons der Einzelgäste durchgezählt hatte, „plus die zweihundertzehn von den Gruppen, macht zusammen dreihundertvierzig Personen beim Frühstück. Großkampftag, mal wieder."

„Gestern auch so, ungefähr", erwiderte Omar, der schon etliche Jahre dabei war und sich längst an solche Zahlen gewöhnt hatte. „Das immer geht ganzen Sommer so, mindestens."

„Ja", stimmte ihm Frau Bauer zu, „ich hab vorhin an der Rezeption die Belegungspläne gesehen, da ist jetzt schon alles so gut wie ausgebucht bis Ende September."

Milana stöhnte, Nang lächelte, und Julia meinte schulterzuckend: „Naja, wer nach Berlin kommt, der will meistens ins Zentrum, und da sind wir nun mal das einzige Haus."

11

„Klar", nickte ich, denn bis auf ein paar kleinere private Hostel, die aber auch teurer waren, gab es außer uns nur noch die beiden Jugendherbergen unten am Wannsee und oben in Hermsdorf, und die lagen wirklich ziemlich weit außerhalb.

Ich wollte gerade aufstehen, um mir neuen Kaffee zu holen, weil die Kanne auf unserem Tisch bereits leer war, da legte mir Julia auf einmal sanft ihre Hand auf die Schulter.

„Ich mach schon, Ecki, bleib ruhig sitzen", flötete sie charmant, halb ironisch und fast beiläufig aber doch mit so einem gewissen Unterton, und vor allem mit einem Blick dazu, den ich ihr eigentlich gar nicht zugetraut hätte. Wahrscheinlich wollte sie sich so bei mir für die Aktion mit der Kaffeemaschine bedanken, sagte ich mir.

„Tea or coffee?", fragte sie dann noch ironisch nach, als sie schon im Gehen war, worauf ich natürlich sofort mit ernster Miene „Oh yes please, yes yes, thank you!" antwortete.

Was freilich auch bei den anderen für reichlich Heiterkeit sorgte.

Nach der Pause war mein persönlicher Spezialjob an der Reihe: die Reinigung des Speisesaales. Also alle Tische abwischen und die Stühle hochnehmen, dann den Fußboden fegen und wischen und danach wieder sämtliche Stühle an ihren Platz zurückstellen. Manchmal half mir jemand dabei, aber meistens erledigte ich das alles allein.

„Geht doch ganz anders, wenn wir einen Mann dafür haben", lobte mich die Küchenchefin heute mal wieder auf ihrem Rundgang. Ich hatte den Eindruck, sie hielt mich für einen etwas schüchternen Jüngling. Der Neue aus dem Osten, ganz nett, aber eben doch noch sehr unsicher. Obwohl ich nun mittlerweile bereits zwei Monate dabei war. Letzte Woche hatte sie mich tatsächlich zu irgendeiner Gastronomieveranstaltung mitnehmen wollen, zu einer lustigen Wurstmesse oder sowas, am Sonntag. Da könne man sich immer gut sattessen, hatte sie gemeint, alles umsonst. Eine Art Verkostung, und was zu trinken gäbe es auch. Sie war ungefähr Mitte Fünfzig und ich gerade mal halb so alt, und offenbar lebte sie allein. Was sollte das werden? Nur mit Mühe war ich aus dieser schrägen Nummer rausgekommen, ohne sie allzu sehr vor den Kopf zu stoßen. Aber zumindest das hatte ich im Osten ja gelernt, nämlich mich bei Bedarf als freundliches Chamäleon zu tarnen und mir auch in den absurdesten Situationen rein gar nichts anmerken zu lassen. Und diese Fähigkeit schien mir auch hier zuweilen ganz nützlich zu sein.

Als ich mit dem Speisesaal fertig war, hatten die anderen in der Küche längst mit den Vorbereitungen für das Mittagessen begonnen. Hühnerkeulen mit Reis sollte es heute geben, und dazu Paprikasoße. Knapp hundert Personen waren dafür angemeldet, eine durchschnittliche Zahl. Denn nur wenige Gruppen buchten Vollpension, und Einzelgäste (oder ‚Einzelwanderer', wie Frau Bauer sie meist altmodisch nannte) kamen so gut wie nie zum Mittagessen. Höchstens vielleicht mal am Anreisetag. Daher ging es mittags meist deutlich ruhiger zu als beim Frühstück.

Allerdings fand ich es schon manchmal seltsam, dass Omar als Moslem zum Beispiel für zweihundert Leute Schweinegulasch kochte, ohne selber überhaupt einen einzigen Bissen davon zu kosten. Einer von uns anderen machte dann halt den Abschmecker und musste zwischendurch öfter mal probieren und ihm sagen, ob genug Salz dran war oder noch irgendwelche Gewürze fehlten. Auch hatte ich zuerst geglaubt, Omar wäre ein bisschen schwerhörig oder würde nur ganz schlecht Deutsch verstehen, denn meistens wollte er, dass ich ihm Frau Bauers Anweisungen für den Tag noch einmal wiederholte. Es dauerte eine Weile bis ich kapierte, dass es ihm dabei eigentlich bloß darum ging, nicht einer Frau gehorchen zu müssen. Schon mit meinem Vorgänger, einem jungen Italiener, war es wohl ähnlich gelaufen, zumindest konnte ich das aus einigen Andeutungen schließen. So hatte man sich im Laufe der Zeit anscheinend irgendwie stillschweigend miteinander arrangiert; die Küchenchefin sprach oft bloß von der Tür aus ganz allgemein in den Raum hinein, was am betreffenden Tag so alles erledigt werden sollte, und ich gab das dann einfach hinterher wie ein Papagei an Omar weiter, kaum dass Frau Bauer wieder in Richtung Büro verschwunden war. Von mir ließ er sich jedenfalls ohne Weiteres sagen, wie viel Kilo Hackfleisch er für die Bolognese nehmen sollte oder welche Sorte Fisch diesmal dran war, damit hatte er kein Problem. Obwohl ich ja nur der Küchenjunge war, aber Hauptsache eben ein Mann.

13

Wie zu erwarten liefen die fünf oder sechs Gruppen beim Mittagessen problemlos durch. Meistens handelte es sich um Kinder mit ihren Lehrern auf Klassenfahrt, die allesamt schon ein paar Tage hier waren und daher die Abläufe kannten. Also Besteck in die Schüssel, Abfälle in die Behälter, und benutztes Geschirr wieder zurück auf den Wagen. Selbst die Italiener hatten es inzwischen begriffen.

Allerdings gab es da heute auch diese neue Mädchen-Sportmannschaft aus Holland, die zu irgendeinem Turnier angereist war und aus lauter schlanken fünfzehn- oder sechzehnjährigen Schönheiten bestand. Da gab ich mir bei der Einweisung natürlich besonders viel Mühe. Selbst der alte Omar kam dann noch nach vorn an die Ausgabe geschlichen, um die hübschen Teenager beim Essen zu beobachten.

„Schöne Mädchen", flüsterte er anerkennend, und ich nickte ihm stumm zu und tat so, als würde ich den Tresen abwischen. Aber meine Augen waren natürlich ganz woanders.

Fast alles wurde brav aufgegessen, nur die Hühnerknochen wanderten in die Tonne, und um kurz nach halb eins war der Speisesaal bereits wieder leer.
Bis auf die Wagen mit dem schmutzigen Geschirr natürlich.
"Na ich will mal kein Spülverderber sein", rief ich Julia und Nang zu, die sich gerade seufzend anschickten, den Abwasch zu übernehmen, "ich mach das schon." So konnten die beiden in Ruhe den Herd und die anderen Gerätschaften putzen, während Omar und Milana draußen vor der Hintertür gemütlich ein Zigarettchen rauchten.
Anschließend machten wir alle zusammen Mittagspause.

"Ein oder zwei?", fragte mich Omar am Konvektomaten, als er meinen Teller füllte, auf dem bereits eine Hühnerkeule lag, und nachdem ich ihm aufmunternd zugenickt hatte, landete auch noch die zweite darauf. Zufrieden trug ich mein Tablett zum Tisch, setzte mich zu den anderen und ließ es mir schmecken. In puncto Verpflegung hatte ich hier wirklich nichts zu meckern, das musste ich zugeben. Und auch sonst fühlte ich mich beim Deutschen Jugendherbergswerk, den so hieß diese Institution offiziell, gar nicht so schlecht aufgehoben. Sicher, es wurden nicht unbedingt Spitzenlöhne gezahlt, aber es gab ja noch die Berlin-Zulage, also acht Prozent des Bruttogehalts obendrauf, und zwar steuerfrei, was zusammen mit den jeweils anfallenden Wochenend- und Feiertagszuschlägen am Monatsende unterm Strich doch einen ganz ordentlichen Betrag ergab. Außerdem durfte man nicht vergessen, dass hier alles in allem eine recht anständige Atmosphäre herrschte. Beispielsweise hatte mir Clarissa, die junge Leiterin, schon nach gut drei Wochen eine äußerst großzügig abgefasste Bescheinigung ausgestellt, die sich bei der Wohnungssuche als sehr hilfreich erwiesen hatte. Denn potentiellen Vermietern ging es ja meist längst nicht nur darum, dass der entsprechende Bewerber die nötige Zahlungsfähigkeit für Miete und Kaution mittels Kontoauszug belegen konnte, sondern man wollte obendrein einen Nachweis über seine ungekündigte Stellung sehen, sowie über regelmäßig eingehende, ausreichende Lohnzahlungen, am liebsten seit mehreren Jahren. Ohne das von Clarissa verfasste und unterschriebene Papier, ohne ihre bereitwillige Unterstützung in dieser Angelegenheit, da würde ich jetzt vielleicht noch immer im Wohnheim hocken, das war mir jedenfalls klar, oder ich hätte höchstens ein Zimmer in einer Zweck-WG ergattert, befristet für wenige Monate. Nur als Untermieter, bis der eigentliche Bewohner wieder von seinem Asientrip oder Auslandssemester zurückkehrte. So aber hatte ich nun nach relativ kurzer Suche eine eigene Wohnung gefunden, was natürlich fantastisch war, und das musste man eben alles mit in Betracht ziehen, wenn man diesen Job reell bewerten wollte. Fürs Erste war ich zumindest ganz gut bedient damit, fand ich, und meine Pläne für ein späteres Studium konnten ruhig noch ein wenig warten.

Allmählich trudelten dann die Kollegen von der Spätschicht ein, die zwei Thailänderinnen Benja und Karo, und Essam, der ägyptische Koch.
Wie meistens standen Benja und Karo gleich wieder mit Nang zusammen und unterhielten sich halblaut, wobei die drei andauernd schon drauflos kicherten, kaum dass sie überhaupt ihre Kittel richtig zugeknöpft hatten.
„Ecki, wann du musst Ostberlin zurück?", fragte mich Nang plötzlich und gab sich dabei Mühe, möglichst beiläufig zu klingen, obwohl ihre dunklen Augen ziemlich verwegen blitzten. Denn es war nicht das erste Mal, dass sie versuchte, mich damit aufzuziehen, besonders vor ihren Freundinnen.

„Wann deine Urlaub vorbei, und du zurück?", stichelte sie weiter, natürlich ganz unschuldig.

„Du kleines Biest, du, na warte nur", drohte ich ihr spielerisch mit dem Finger, und schon konnte sie ihr Grinsen nicht mehr unterdrücken.

„Beim nächsten Mal jag' ich dich zwei Runden durch die Spülmaschine", rief ich schließlich warnend, „und zwar einmal mit und einmal ohne Kittel!"

Alle drei gackerten los, so etwas leicht Frivoles schien ihnen zu gefallen.

Unterdessen brachten Julia und Milana ihr benutztes Geschirr in die Spülecke und gingen danach pünktlich zum Umziehen nach unten, und auch Omar folgte ihnen einen Augenblick später, nachdem er sich vorher noch kurz mit Essam besprochen hatte.

„Soll was davon in den Kühlraum runter, oder nach draußen in den Abfall?", bot ich Essam noch kurz vor meinem Feierabend Hilfe an und zeigte auf das bisschen übriggebliebenen Reis und den Topf mit der Paprikasoße.

„Ah, lohnt sich das nicht, bring weg das Fraß, danke", winkte er bloß grinsend ab, und zusammen kratzten wir die Reste in einen Müllbeutel, den ich dann raustrug und auf dem Hof in den Container warf.

Danach ging ich runter in den Keller zum Duschen, wobei mich diese Tür oben an der Treppe wieder einmal nervte. Sie klemmte, das heißt sie hing etwas schief in den Angeln und scharrte deshalb beim Öffnen und Schließen am Boden entlang, was jedes Mal ziemlich unangenehme Kratzgeräusche produzierte. Zwar war der Hausmeister auf Frau Bauers Bitte hin neulich deswegen tatsächlich schon einmal zu einer ersten fachkundigen Inaugenscheinnahme direkt vor Ort erschienen, hatte dann allerdings auch nur etwas von ‚Türblatt einkürzen' gemurmelt und sich seitdem nicht mehr blicken lassen. Aber nun ja, dachte ich, es gab wohl Schlimmeres.

Ich war jedenfalls froh über die kleine Personaldusche im Untergeschoss. Eine einfache Kabine, kein Luxus, aber immerhin. Eigentlich wurde sie nur relativ selten benutzt und war wohl vor allem für die Köche gedacht, weil man nämlich beispielsweise nach dem Braten von zweihundert Fischfilets natürlich auch entsprechend roch und so vielleicht nicht unbedingt nach Hause gehen wollte. Aber da in meiner neuen Wohnung derzeit leider nur ein altmodischer Küchenausguss mit Kaltwasser zur Verfügung stand, brauchte ich momentan eben selbst dringend eine vernünftige Waschgelegenheit. Also hatte ich vor zwei Wochen sowohl bei Omar und Essam als auch bei Frau Bauer dezent deswegen angefragt und war auf keinerlei Vorbehalte gestoßen, so dass ich hier nun täglich nach der Schicht duschen konnte. Es sollte ja auch nur vorübergehend sein.

Als ich gegen kurz nach drei zu Hause ankam, machte ich sogleich nahtlos da weiter, wo ich gestern aufgehört hatte: beim Renovieren. Wohnzimmer und Flur waren bereits komplett durchgemalert, in lindgrün beziehungsweise zartgelb, heute kam die Küche dran. Weiß, nur die eine große Wand leicht orange abgetönt, so war der Plan. Hinterher sollten dann noch die Maisstrohmatten ausgelegt werden, damit ich nicht länger auf dem hässlichen, kalten Linoleum laufen musste. Außerdem wartete eine Lampe darauf, montiert zu werden, und vor allem brauchte ich endlich Möbel. Denn bis auf die neu gekaufte Matratze und zwei wacklige Stühle war die Bude ja gegenwärtig sozusagen bloß mit Luft gefüllt.
Ich zog mir meine alten verkleckten Klamotten vom Vortag an, schob eine meiner drei Kassetten in den klapprigen Recorder, den ich neulich billig auf dem Flohmarkt erstanden hatte, und drehte die Lautstärke auf. ‚Us and Them‘ von Pink Floyd erklang, danach würde dann ‚School‘ von Supertramp kommen, gefolgt von Americas ‚A Horse with No Name‘, und so weiter. Längst kannte ich die Reihenfolge der Songs auswendig.
Bevor ich loslegte, rührte ich zunächst mit einem alten Holzlöffel die Wandfarbe im Eimer durch.
Ja, ich hatte es geschafft, sagte ich mir, ich war raus aus dem Wohnheim, die erste Etappe lag hinter mir. Aber es gab eben noch so verdammt viel zu tun!
Bloß fokussiert bleiben, ermahnte ich mich im Stillen, während ich ein ums andere Mal die Rolle in die Pampe tunkte, das Lammfell am Sieb abstrich und dann immer schön gleichmäßig die Wand mit der matschigen Farbe einkleisterte. Rauf und runter, wie ein Uhrwerk, hin und her. Hauptsache ‚das Momentum beibehalten‘ (oh, ich liebte zuweilen solch hochtrabende Floskeln, vielleicht weil ich ihnen etwas Beschwörendes zuschrieb), ja doch, verflucht, darauf kam es jetzt an, vor allem ‚das Momentum beibehalten‘! Das war mein aktuelles Mantra. Stets den Blick nach vorn und erst recht kein sentimentales

Gejammer wegen irgendwelcher ‚guten alten Zeiten', solchen Quatsch konnte ich mir nicht leisten! Bloß nicht schlappmachen! Nein, einfach alles andere ausblenden, bis das Ziel erreicht war, und fertig. Auf Kurs bleiben und voll durchziehen, eine reine Frage der Selbstdisziplin.

Aber zumindest eine anständige Stereoanlage würde ich mir demnächst gönnen, versuchte ich mich per Autosuggestion schon mal in positive Stimmung zu versetzen. Good vibration – best motivation! Gleich nächste Woche, dachte ich voller Vorfreude, sobald mein Monatslohn auf dem Konto ist, da wird zugeschlagen. Yeah!

Denn es wurde höchste Zeit, dass wieder ein bisschen mehr Musik in mein Leben kam.

Zwei Stunden später war ich so gut wie fertig mit der Küche, nur ein paar schwierige Stellen um das Fenster herum mussten noch ein bisschen nachgearbeitet werden.

Kleine Pause, dachte ich einigermaßen zufrieden, betrachtete mein Werk und schälte mir eine Apfelsine. Extra zur Feier des Tages, wegen der nun frisch in feuchtem Orange schimmernden Wand.

Vorsichtig drehte ich hinterher mit meinen klebrigen Fingern die abgelaufene Kassette im Recorder um und machte anschließend mal wieder den imaginären Ansager: „Ladies and Gentlemen, die Gruppe THEM aus Belfast, mit Van Morrison und dem guten alten Song: *Don't look back!* Eine wunderschöne Mischung aus Melancholie und Zuversicht, und achten Sie besonders auf das herrlich schwummrige Piano, allein schon dieses markante Intro – und los geht's !"

Dann drückte ich die PLAY-Taste, das Band lief an, und kurz darauf sang ich lauthals mit: „*Don't look back, to the days of yesteryear... those days are gone... don't look back, whoa, no-no, don't look back...*"

Auch am nächsten Tag hatte ich wieder mit Julia zusammen Frühdienst. Freilich stand der Schichtbeginn heute zunächst unter keinem guten Vorzeichen, denn Julia, die an sich schon durchaus ein kleines Morgenmuffelchen sein konnte, war heute offenbar besonders schlecht gelaunt. Hauptsächlich wohl deshalb, so ließ sie nach und nach durchblicken, weil sie auf dem letzten Wegstück von der U-Bahn zur Jugendherberge mal wieder von irgendwelchen notgeilen Freiern, die dort mit ihren Autos im Schritttempo patrouillierten, verbal entsprechend belästigt und zum Einsteigen geradezu genötigt worden war. Die meisten unserer Küchen- und Etagenfrauen hatten bereits ähnliche Erfahrungen gemacht, denn das ganze umliegende Areal war seit langem berüchtigt als Straßenstrich, oder ,Kiez', wie es beschönigend hieß. Normalerweise passierten solch unangenehme Vorfälle eigentlich meistens nach der Spätschicht, wenn das Nachtleben dort gerade erst anfing. Julias heutigen (insgesamt recht spärlichen) Angaben nach zu urteilen schien frühmorgens jedoch eindeutig die schlimmere Klientel unterwegs zu sein.

Um sie etwas aufzuheitern, erzählte ich ihr von der Einladung zur Wurstausstellung, mit der mich neulich Frau Bauer zu beglücken versucht hatte. Wobei ich mir Mühe gab, die Angelegenheit noch ein wenig auszuschmücken und sowohl stimmlich als auch von der Mimik her mit angemessener Komik vorzutragen. Ja und tatsächlich, schon bald zeigte sich der Anflug eines ersten zögerlichen Lächelns auf Julias Gesicht, und ihre Laune besserte sich zusehends.

Wie üblich bereitete sie die Servierwagen für die Gruppen vor, während ich mich zunächst um die schwereren Sachen kümmerte. Voller morgendlicher Energie wuchtete ich die Stapel der Bäckerkisten von draußen in die Küche, holte Butter, Milch und Wurst von unten aus dem Kühlraum hoch (wobei die obere Kellertür wieder ganz erbärmliche Schleifgeräusche von sich gab) und stellte dann Teller und Tassen bereit, damit sich alles nachher gleich bequem in Reichweite befand. Auch die Kaffeemaschine wurde natürlich startklar gemacht, und zwar ohne dass sie diesmal überlief.

Zu guter Letzt kniete ich mich im Flur auf den Fußboden vor der Kellertreppe hin und rieb dort die von der Tür zerkratzten Stellen kräftig mit Kerzenwachs ein, einfach mit einem von zu Hause extra dafür mitgebrachten Teelicht.

„So, jetzt knarrt und schrammt hier nix mehr", stellte ich anschließend befriedigt fest und ließ die Tür ein paarmal lautlos hin und her schwingen. „Muss man eventuell demnächst mal wiederholen, aber auf den Hausmeister können wir ja wohl lange warten."

„Cool", meinte Julia bloß lächelnd, und wir zapften uns schon mal einen frischen Kaffee.

„Wie weit bist du jetzt eigentlich mit deiner Wohnung?", erkundigte sie sich.

„Es geht vorwärts", antwortete ich und berichtete ihr von meinen Aktivitäten der letzten Tage. Malern, Lampen und Gardinenstangen anbringen, Fensterrahmen und Scheuerleisten streichen.

„Außerdem kriege ich heute Abend endlich 'n Kühlschrank geliefert", fuhr ich fort und füllte dabei gleichzeitig schon mal etwas Reiniger aus dem großen Kanister in die Spülmaschine. „Gebraucht von privat. Den muss ich bloß noch schön mit Essigwasser auswaschen, und gut. Hab ich mir vor drei Tagen schon angeguckt. So 'n Typ, der fährt Entrümplungen und Umzüge, der bringt mir den auf seiner letzten Tour vorbei, so um sieben rum."

Ich beschrieb ihr meine kleine Altbauwohnung, an der zwar erst noch einiges gemacht werden musste, die dafür aber nur knapp einhundertfünfzig Mark monatlich kostete und damit bloß etwa ein Drittel einer von Lage und Größe her vergleichbaren Unterkunft. Aufgrund der Deckenhöhe von rund vier Metern war sie allerdings schon mal bestens für ein Hochbett geeignet, so dass ich dann trotz der lediglich dreißig Quadratmeter genügend Platz darin haben würde. Auch die Ofenheizung störte mich nicht weiter. Der einzige echte Haken an der Sache war jedoch das fehlende Bad. Denn es gab nur eine Toilette, plus ein Waschbecken in der Küche. Aber mein Plan war, mir eine separate Duschkabine mit Boiler und Pumpe zu besorgen, so wie ich es bei Bekannten gesehen hatte. Vielleicht würde ich ja demnächst schon etwas Passendes finden, schließlich guckte ich täglich in der ‚Zweiten Hand' sämtliche Annoncen durch. Also alles in allem war ich durchaus glücklich mit meinem jetzigen Domizil. Es ließ sich etwas draus machen, keine Frage, und bald würde ich es richtig gemütlich haben, das stand für mich fest. Jedenfalls war ich bestimmt nicht in den Westen gegangen, nur damit dann mein ganzes Geld für eine halbwegs moderne Behausung mit ein paar Annehmlichkeiten draufging. Nein, für mich gab es da wahrlich noch andere Ziele. Außerdem hatte ich schon etliche Jahre in deutlich primitiveren Bruchbuden zugebracht, ohne vernünftige Heizung und mit frostigem Außenklo. Von daher konnte es hier für mich sowieso nur aufwärts gehen.

Julia, die mir die ganze Zeit über aufmerksam zugehört hatte, schien von den Schilderungen meiner (eigentlich wohl eher bescheidenen) Heimwerker-Fähigkeiten durchaus beeindruckt zu sein. Sie wohnte ja noch wohlbehütet bei ihren Eltern, die im Alltag weiterhin vieles für sie regelten. Vielleicht fand sie es daher auch besonders spannend, dass ich mir überhaupt zutraute, eine ziemlich verwohnte Höhle in ein behagliches Zuhause zu verwandeln, so ganz allein und aus eigener Kraft. Denn darüber staunte sie wohl am allermeisten.

Zehn Minuten später staunte ich jedoch, und zwar nicht schlecht, als Julia nämlich so ganz nebenbei erwähnte, dass sie bisher nur ein einziges Mal aus Westberlin herausgekommen wäre. Ein einziges Mal, für sechs Tage, bei einer Klassenfahrt irgendwohin nach Schleswig-Holstein. Das war alles.

Oh du heiliger Strohsack, dachte ich, und ich hatte tatsächlich einen Moment lang Mühe, mich zu beherrschen und mir meine Überraschung nicht anmerken zu lassen. Obwohl ihr die ganze Welt offenstand, hatte sie also bis auf diese eine Woche ihr gesamtes Leben freiwillig in dieser eingezäunten Inselstadt verbracht, immer nur hinter der Berliner Mauer! Kein einziger Kurztrip nach London oder Amsterdam, keine Busreise nach Fehmarn oder Hamburg, geschweige denn ein Flug auf die Kanaren oder nach Amerika!

Na jedenfalls, ich war ziemlich baff, als ich das hörte, denn natürlich hatte ich geglaubt, im Westen wäre sozusagen jedes Kind schon ein Dutzend Mal am Mittelmeer oder Atlantik gewesen und würde zumindest ein paar spanische und italienische Küstenorte kennen. Doch offenbar war dem längst nicht so.

Gegen sieben kam Frau Bauer, allerdings hörten wir erst mal nur ihr ‚Guten Morgen‘ und wie sie das Büro aufschloss. Kurze Zeit später brachte sie uns neue Kittel in die Küche, die alten sollten in die Wäsche.

„Einmal Striptease, bitte!“, rief sie und grinste dabei ein wenig anzüglich, so wie sie es schon etliche Male zuvor bei dieser Gelegenheit getan hatte. Ihre Witze waren überhaupt meistens ziemlich merkwürdig. So sagte sie zum Beispiel öfter mal *Gulpopo* statt Gulasch, lauter solch infantile Späßchen eben.

Eine Art Kindergartenhumor, irgendwie deplatziert. Möglicherweise tat sie ja nur so lustig, und unter der Oberfläche verbarg sich in Wahrheit bloß mal wieder ein einsamer, unbeholfen nach Sympathie heischender Mensch? Schimmerten da etwa irgendwelche seelischen Dissonanzen durch?

Na wer weiß, dachte ich; kann sein, oder auch nicht. Aber wie auch immer, auf jeden Fall sorgte Frau Bauer heute mit ihrem Erscheinen bei Julia und mir durchaus für eine gewisse Belustigung, freilich weniger wegen ihrer albernen Striptease-Bemerkung, sondern eher aufgrund ihrer Haartracht. Denn ihre offensichtlich frisch frisierten, platinblond durchgefärbten Haare waren aufwendig zu einer Art grotesker Gewitterwolken-Perücke auftoupiert, die durch das festgezurrte Haarnetz nun noch zusätzlich deformiert wurde, so dass man unwillkürlich an einen *Pouf* denken musste, an eine dieser französischen Turmfrisuren aus dem achtzehnten Jahrhundert.

„Hast du gesehen?", raunte ich Julia feixend zu, kaum dass Frau Bauer wieder weg war, und sie nickte zur Antwort bloß stumm, sich die Hand vor den Mund haltend. Aber als ich meinen alten Kittel zusammenraffte und ihn mir schief wie einen zerquetschten Turban auf den Kopf setzte, natürlich mit der entsprechenden Grimasse dazu, da musste sie dann doch laut loslachen.

Da Omar heute frei hatte, war Benja mal wieder für die Frühschicht eingeteilt. Eigentlich hieß sie mit vollem Namen Benjakalyani (also mit vollem Vornamen, selbstverständlich), aber kaum jemand nannte sie so. Sie war schätzungsweise um die Vierzig, stets dezent geschminkt und sehr elegant gekleidet. Früher in Thailand hatte sie mal als Stewardess oder zumindest irgendwie beim Airline Catering gearbeitet, und jetzt in Berlin half sie ab und an noch nebenbei in einem Thai-Restaurant aus, als Köchin. Obwohl sie den Beruf an sich wohl regulär gar nicht gelernt hatte. Trotzdem stand sie hier in der Jugendherberge durchaus öfter mal allein am Herd und kochte für zwei- oder dreihundert Leute, auch wenn sie nur als sogenannte Beiköchin eingestuft war.

Benja ging zuerst zu Frau Bauer ins Büro, und als sie kurze Zeit später von dort zurückkehrte, richtete sie uns aus, dass sich Milana mal wieder telefonisch krankgemeldet hätte. Die fröhliche Nang, die ebenfalls gerade bei uns in der Küche erschienen war, zog daraufhin bloß einen Flunsch, denn das bedeutete, dass sie sich heute weitgehend allein mit dem schmutzigen Geschirr abplagen konnte. Sie war entsprechend begeistert.

Wie üblich übernahm ich anfangs wieder zusammen mit Julia die Ausgabe. Aber weil Milana fehlte, half ich etwas später dann auch Nang und kümmerte mich um die Geschirrrückgabe draußen im Speisesaal. Denn es hatte sich bewährt, dass einer von uns dort alles ein wenig im Auge behielt und für Ordnung sorgte. Weil sich ansonsten nämlich Tassen, Teller und Besteck bald wild durcheinander auf den Wagen stapelten, natürlich inklusive der Abfälle. Andererseits jedoch landeten in der für die Speisereste vorgesehenen Tonne stattdessen manchmal sogar Messer und Teelöffel, besonders mit Amerikanern gab es deswegen hin und wieder Ärger. Anscheinend waren einige von ihnen bereits dermaßen an Einweg-Artikel gewöhnt, dass sie selbst unser massives Metallbesteck gedankenlos in den Müll warfen.

So schob ich also die vollen Wagen zu Nang in die Spülecke und die leeren nach draußen, inklusive der Schüsseln für das Besteck, und räumte außerdem gleich sauberes Geschirr aus der Spülmaschine raus, damit es vorn am Tresen gar nicht erst knapp wurde. Zwischendurch hetzte ich zu Julia rüber und füllte die Teekannen für die Gruppen am Kessel auf, und wenn es mal besonders schnell gehen sollte, dann nahm ich einfach zwei Schritte Anlauf und schlidderte auf den nassen Kacheln bis ganz nach hinten durch, um von dort Nachschub für die Serviettenspender an der Ausgabe zu holen oder um Julia noch etwas Milch zu bringen. Oder ein vorgepacktes Lunchpaket zum Mitnehmen, falls jemand keine Zeit mehr für ein Frühstück hatte. Während ich sie die ganze Zeit über wie ein Endlosband ‚Tee oder Kaffee, tea or coffee?' fragen hörte, mit den entsprechenden Antworten dazu.

Als das Frühstück überstanden war, machten wir erst mal zwanzig Minuten Pause, verdientermaßen.
Dreihundertfünfzig Gäste hatten wir heute laut Frau Bauers Auszählung durchgeschleust, viel mehr ging nun wirklich nicht, noch dazu ohne Milana. Dafür kriegten wir ein Lob von der Chefin, und ich bekam sogar noch eins extra für die Kellertür, und zwar von allen Damen, weil nun endlich nichts mehr quietschte und scharrte, wenn man zum Umziehen nach unten ging.

Ich staunte bloß im Stillen, wie viel Anerkennung man mit einer solch minimalen Aktion erreichen konnte.

Später fegte und wischte ich wieder den Speisesaal und Julia brachte gemeinsam mit Nang die Küche in Ordnung. Danach kam eine größere Lieferung, etliche Rollcontainer voller Wurst und Butter und Speiseöl und ungefähr tausend weitere Kartons, die erst mal alle verstaut werden mussten.

Benja bereitete derweil das Mittagessen für hundertzehn Personen vor, Spiegeleier mit Kartoffelbrei. Unter anderem schlug sie dazu zweihundertzwanzig Eier auf, immer zwei Stück in ein gläsernes Kompottschälchen. Je sechs Schälchen stellte sie dann auf ein Tablett, bis zu vier Etagen übereinander, abhängig von der angemeldeten Personenanzahl der betreffenden Gruppe.

"Warum machst du keine Rühreier?", fragte ich sie. "Wäre das nicht einfacher?"

"Nein, haben wir früher gemacht, aber gibt Probleme", erklärte sie. „Ein Tisch zufrieden, aber anderer Tisch denkt, dass hat zu wenig. Bei Spiegelei jeder bekommt gleich, zwei Stück. Jeder sieht, alle zufrieden."

Gegen zwölf kamen die Gruppen, immer im Fünf-Minuten-Takt, und die Essensausgabe klappte wie am Schnürchen: Sobald neue Gäste am Tresen eintrafen, rief Julia bloß laut den Namen der Gruppe zusammen mit der Personenzahl nach hinten, also beispielsweise 'Oldenburg, achtzehn' oder 'Minden, einundzwanzig', woraufhin Benja flink ein Schälchen nach dem anderen von dem entsprechenden Stapel nahm und mit elegantem Schwung in die vorgeheizte Kippbratpfanne goss, und wenn sie mit dem letzten der achtzehn oder einundzwanzig Glasnäpfe fertig war, dann konnte sie das erste Spiegeleipaar schon wieder fertig gebrutzelt rausheben. Lächelnd und vor sich hin trällernd servierte sie nebenbei noch den Kartoffelbrei dazu; es machte richtig Spaß, ihr dabei zuzusehen. Sie hatte wie immer alles im Griff.

(Nur schade, dass heute leider die holländische Mädchenmannschaft von gestern nicht da war, ging es mir einmal kurz durch den Kopf).

Zügig erledigten wir hinterher den Abwasch, und um Punkt eins aßen wir selbst zu Mittag.

"Schmeckt super", sagte ich zu Benja, und deutete mit der Gabel besonders auf die thailändische Gemüsebeilage, die sie mir aus ihrem kleinen Extratopf noch mit auf den Teller getan hatte. Natürlich war das Zeug ziemlich scharf, aber wenn man davon nur ein bisschen nahm, mit viel Kartoffelpüree und Ei, dann gab es dem Ganzen eine angenehm würzige Note.

"Dein Vorgänger Sergio hat meistens bloß gemault über das Essen, bei jedem Koch", erwähnte Julia beiläufig. "Er war nie wirklich zufrieden, egal ob Gulasch oder Hühnerkeule oder Fischfilet."

"Hm", bestätigte Benja lächelnd und nickte ganz leicht, "hat nicht gut geschmeckt, so sagt er. Bloß dann kam hinterher gleich nochmal mit Teller, für zweite Mal."

"Ja genau", ergänzte Julia kopfschüttelnd, "so als ob er dem Koch damit einen Gefallen tun würde: 'Naja okay, kannst mir nochmal was raufmachen, wenn du unbedingt willst, und schön voll', und dabei gleichzeitig mit dem Spruch 'nee, so richtig hats nicht geschmeckt'. Na schon klar."

Sie tippte sich an die Stirn und lachte.

"Das war 'n Vogel!", stöhnte sie, "komische Marke. Einmal kam er sogar zu spät zur Spätschicht, überleg dir das mal!"

„Zur Zuspätschicht?", witzelte ich, aber sie verdrehte bloß genervt die Augen.

Allmählich trafen dann auch schon Essam und Karo von der Spätschicht ein, sowie Puja, ein junger Thailänder, der regelmäßig auf Teilzeitbasis in der Küche mithalf. Zur Stärkung verdrückte er erst mal genüsslich einen Teller Kartoffelbrei mit gleich drei Eiern und einer ordentlichen Portion von Benjas scharfem Spezialgemüse, ihre Kochkünste dabei in den höchsten Tönen preisend. Die wiederum saß bloß still lächelnd am Tisch und blätterte nach getaner Arbeit entspannt in irgendeinem asiatischen Hochglanzmagazin, das anscheinend zu neunzig Prozent nur aus Mode und Werbung bestand. Aber offenbar schien sie genau das zu mögen.

Wir anderen am Tisch schnatterten noch eine Weile mehr oder weniger angeregt auf Thailändisch und Deutsch durcheinander, bis die ersten dann aufstanden und sich die Runde auflöste.

„Davon soll ja wohl nichts mehr in den Kühlraum runter, oder?", fragte ich Essam zum Schluss und deutete auf die Reste vom Mittag auf dem Herd.

„Ah, bringst du weg das Fraß", murmelte er grinsend und klatschte bloß noch schnell den letzten Klecks Kartoffelbrei zu den Bergen von Eierschalen in die Tonne, und ich wechselte die Mülltüte, brachte den Beutel raus und machte dann Feierabend.

Für heute Nachmittag war ich mit zwei Amerikanerinnen verabredet, Amy und Pauline, die schon seit ein paar Tagen in der Jugendherberge logierten und mit denen ich mich ein bisschen angefreundet hatte. Besonders mit Amy, der Hübscheren von beiden: schlank, brünett, meistens lachend und überhaupt ziemlich quirlig. Sie hatte ganz hellbraune Augen, beinahe bunt, mit gelblichen Einsprengseln in der Iris. Gleich am ersten Tag im Speisesaal war sie mir aufgefallen, weil sie mich beim Frühstück kurioserweise nach ,Reibekuchen' gefragt hatte. Denn in ihrem Reiseführer, so verriet sie mir, da stünde nämlich, dass dies eins der typischsten deutschen Gerichte überhaupt wäre, die man demzufolge unbedingt einmal probiert haben müsste.
So hatte es sich also ergeben, dass wir heute zu dritt ein wenig auf Erkundungstour gehen wollten. Zuerst war der Besuch einiger Trödelläden geplant, die vom Reiseführer als ,sehr sehenswert' empfohlen wurden. Also fuhren wir das Stück bis dahin mit dem Bus und spazierten schon zwanzig Minuten später durch das angesagte Viertel. Mir war es recht, denn erstens hatte ich selber noch nicht allzu viel von der Stadt gesehen, zweitens gab es da wirklich ein paar interessante Geschäfte, die nicht nur antikes Mobiliar, sondern auch ganz originellen Kleinkram anboten, und drittens: ich war in angenehmer weiblicher Gesellschaft. Vor allem Amy in ihrem luftigen bunten Sommerkleidchen war ein ziemlicher Hingucker, mit ihren langen, gebräunten Beinen, das musste man einfach mal so sagen.
Zusammen durchstöberten wir die Auslagen und machten uns gegenseitig auf unsere kleinen Entdeckungen aufmerksam. Die beiden begeisterten sich für alles Mögliche und löcherten mich andauernd mit Fragen nach Gott weiß was, speziell zu Deutschland. Offenbar hielten sie mich für den lokalen Experten, für den eingeborenen Stadtindianer.
Als wir an einem kleinen Orient-Shop vorbeikamen, kaufte ich eine Packung Räucherstäbchen und ein winziges Fläschchen Patschuliöl, aus dem ich mir gleich ein paar Tröpfchen an den Hals schmierte.

„Hippie scent, aah, ich liebe diesen Duft!", rief ich und drehte mich demonstrativ zu Amy hin, und sie lehnte sich tatsächlich einen Moment lang an mich (wobei ich spürte, wie dünn ihr Kleidchen tatsächlich war) und schnupperte ausgelassen wie ein Hündchen an mir rum, bevor sie dann ebenfalls etwas von dem Öl bei sich verrieb. Auch Pauline bot ich es an, aber sie mochte nicht.

Etwas später setzten wir uns zum Ausruhen unter die Markisen eines Straßencafés und bestellten Cappuccino.

„Stammst du aus Berlin, ich meine, bist du hier geboren?", wollte Amy von mir wissen, und ich verneinte und erwähnte dabei am Rande, dass ich selber bisher kaum echte, also gebürtige Westberliner getroffen hätte. Jedenfalls nicht unter den jungen Männern meines Alters, weil es sich dabei eben meistens um Studenten oder ganz allgemein um sogenannte Alternative aus Westdeutschland zu handeln schien, die hauptsächlich deshalb nach Westberlin gegangen waren, um nicht zur Bundeswehr eingezogen zu werden. Wegen des Viermächteabkommens, entmilitarisierter Status und so, für Berlin galten ja bekanntlich Sonderregeln. Eigentlich für ganz Berlin, aber das mit dem Osten war natürlich eine Geschichte für sich.

Doch dieses Thema schien die beiden durchaus zu interessieren, und als ich sie wissen ließ, dass ich erst vor ein paar Monaten aus der DDR gekommen war, da fragten sie mich sofort, ob man mich denn dort auch gefoltert hätte. Offenbar dachte man in Amerika beim Stichwort Kommunismus ganz automatisch zuallererst an Stalins Gulag und die Roten Khmer in Kambodscha.

Also plauderte ich anschließend noch ein bisschen über meine Zeit im Osten, über Abitur, Armeezeit und Ausreiseantrag, wobei Amys hellbraune Augen die ganze Zeit über wie zwei Scheinwerfer auf mich gerichtet waren.

Was nun meine weiteren Pläne im Westen betraf, über die ich hinterher ebenfalls noch um Auskunft gebeten wurde, tja, da war ich mir freilich selbst noch nicht so sicher. Ein Studium vielleicht, hier in Berlin? Oder woanders? Beispielsweise war ich vorigen Monat in Amsterdam gewesen, nur übers Wochenende, und die Stadt hatte mir dermaßen gut gefallen, dass ich seitdem mit dem Gedanken an einen Umzug dahin spielte. Oder sollte ich doch lieber weiter hier in der Jugendherberge jobben und erst mal etwas Geld sparen, um mir ein solides Polster zu schaffen?

„Der amerikanische Traum, vom Tellerwäscher zum Millionär", meinte ich schließlich schulterzuckend und grinste dazu ein wenig unschlüssig.

„Naja, ich stehe wohl noch so ziemlich am Anfang meines ganz persönlichen Wirtschaftswunders."

Pauline und Amy lächelten mir daraufhin bloß stumm zu, und auch ich genoss einfach die Sonne, die mir wärmend in den Nacken schien. Es war ein perfekter Sommertag, blauer Himmel, laue Brise, für morgen war sogar ein Hitzerekord angekündigt. Wir dösten ein wenig, bequem zurückgelehnt in unsere Armstühle. Angeblich sollte Bruce Springsteen demnächst in Berlin spielen, und zwar in Ostberlin, erwähnte Pauline mit träger Zunge, den Sonnenhut über das Gesicht gezogen.

„Hm, kann ich mir nur schwer vorstellen", brummte ich bloß skeptisch zur Antwort. Doch andererseits, dachte ich, wer weiß? Denn momentan kriegte ich vor lauter Arbeit in der Küche und zu Hause ja sowieso kaum etwas mit von dem, was um mich herum ablief. Na egal, sagte ich mir schließlich, jedenfalls bin ich im Moment schon mal ganz happy, und ich freute mich über die simple Tatsache, dass ich diesen schönen Nachmittag zusammen mit zwei jungen Amerikanerinnen in Westberlin verbringen konnte. Anstatt nur wenige Kilometer entfernt von hier, eingesperrt in einer tristen, dunklen Zelle, auf das nächste Stasiverhör zu warten.

Da ich noch genügend Zeit hatte, bis mir mein Kühlschrank nach Hause geliefert werden sollte, zogen wir also weiterhin zu dritt durch die Gegend, unermüdlich auf der Suche nach jenen ominösen Reibekuchen, dem letzten offenen Punkt auf der heutigen touristischen Tagesliste.

„Das ist das Gleiche, wirklich", versicherte ich ihnen, als wir schließlich von Weitem ein Schild mit der Aufschrift ‚Kartoffelpuffer' sahen, und mit vor Aufregung sich beschleunigenden Schritten näherten wir uns einer rustikalen Holzhütte am Rande eines kleinen Bauernmarktes.

Aber wir hatten uns zu früh gefreut, ausgerechnet diese Woche war wegen Urlaub geschlossen.

So ein verfluchtes Pech aber auch!

Es sollte noch ungefähr eine Dreiviertelstunde dauern, bis wir endlich fündig wurden, und zwar genau an dem U-Bahnhof, von wo aus wir eigentlich unseren Rückweg antreten wollten. Dort stießen wir dann nämlich auf eine einfache Imbissbude, an der es wahrhaftig auch frisch zubereitete Reibekuchen gab.

Kaum zu fassen, freute ich mich, denn ich hatte die Hoffnung schon fast aufgegeben.

Wir nahmen drei Portionen mit Apfelmus, und natürlich lud ich die beiden ein, denn wenn es hier nun zu guter Letzt doch noch zu dem heiß ersehnten, zünftig-deutschen Festmahl kommen sollte, nach all den Strapazen, dann wenigstens mit einem Minimum an Stil.

Amy wollte dieses feierliche Ereignis unbedingt in einem Foto festhalten, daher bat sie einen der anderen Gäste, uns mit ihrer Kamera beim Verkosten dieser urgermanischen Delikatesse zu knipsen.

„Moment, das muss mit rauf!", rief ich und zog meine beiden Begleiterinnen vorher schnell noch ein kleines Stück zur Seite, damit wir auch ja perfekt positioniert vor dem Aushang mit dem verzierten ‚Reibekuchen'-Schriftzug standen.

Fröhlich futterten wir dann alle drei auf Kommando drauflos, mit unseren Papptellern am Stehtisch, und Amys Scheinwerfer-Augen blitzten vor Freude, als ob sie damit Lichthupe geben würde.

Leider wäre Milana auch heute noch immer krank, teilte uns Frau Bauer lakonisch am nächsten Morgen mit.

„Na toll, da dürfen wir also wieder doppelt ranklotzen, um die hungrige Meute abzufüttern", maulte ich ein wenig genervt, und auch von Nang und Julia kam bloß eine Art unwilliges Murren als Reaktion.

Zusammen mit uns war diesmal noch Essam als Koch für die Frühschicht eingeteilt. Er vertrat Benja, die heute nämlich Geburtstag hatte und erst irgendwann gegen Mittag kommen würde, was wohl mit Frau Bauer so abgesprochen war.

Mit Essam liefen die Schichten meist sehr entspannt ab, denn er hatte so ziemlich immer gute Laune. Er lebte schon lange in Berlin, war mit einer Deutschen verheiratet und hatte zwei kleine Kinder. Den größten Teil seines Geldes verdiente er wohl eigentlich in einem Steakhaus, abends und an den Wochenenden, wo er den Lohn immer gleich bar auf die Hand kriegte. Allerdings arbeitete er da schwarz, oder zumindest halb, denn er war dort nur mit minimalen Sozialabgaben angemeldet. Deshalb brauchte er zusätzlich noch die Anstellung beim Jugendherbergswerk, also hauptsächlich wegen der Rente und zur Absicherung im Krankheitsfall. So hatte er mir das alles jedenfalls mal im Vertrauen erzählt. Aber egal und wie auch immer, ich mochte Essam. Er war ein lustiger Typ, wusste über vieles Bescheid, besonders was allgemein so hinter den Kulissen ablief, und er nahm die Dinge stets pragmatisch. Doch er war eben auch oft müde, wenn er am Vortag mal wieder im Steakhaus bis weit nach Mitternacht gerackert hatte.

Beim Frühstück herrschte die ganze Zeit über wieder Hochbetrieb, aber glücklicherweise waren wir ja ein eingespieltes Team und jeder von uns wusste, was er zu tun hatte. Trotzdem zog sich heute um kurz vor neun die Schlange am Tresen bedenklich lang hin. Vor allem wohl deshalb, weil man etlichen der neuen Einzelgäste beim vorabendlichen Einchecken an der Rezeption mal wieder nicht genügend eingeschärft hatte, dass sie den kleinen Kassenbon unbedingt gut aufheben müssten. Weil sie den nämlich am nächsten Morgen noch in der Küche als Frühstückticket brauchen würden. So fing also jedes Mal erst direkt am Tresen eine hektische Suchaktion nach diesem öden Schnipsel an, und da das Ganze leider meist nicht von Erfolg gekrönt war, mussten die Betreffenden dann zwecks Ausstellung eines Ersatzbons zur Rezeption vorgeschickt werden. Was natürlich für Unmut und weitere Verzögerungen sorgte, und das erst recht, wenn solche Diskussionen noch durch lediglich rudimentär vorhandene Fremdsprachenkenntnisse erschwert wurden. Jedenfalls waren wir heilfroh, als der Andrang langsam nachließ und die Schlange gegen halb zehn allmählich ausdünnte.

Amy und Pauline, meine beiden amerikanischen Freundinnen, kriegte ich an diesem Morgen zu meinem Bedauern auch nur für einen Moment bei der Geschirrrückgabe zu Gesicht. Sie wollten sich heute Mauergraffitis anschauen, erfuhr ich, und danach irgendwelche Galerien in Kreuzberg besichtigen, die der Reiseführer ausdrücklich als touristische Highlights anpries.

Kurz bevor wir uns selber zur Pause an den Tisch setzten, sahen wir Frau Bauer mit einem der geschniegeltem Firmenvertreter aus ihrem Büro kommen. Auch jetzt noch bei seinem Abschied galt ihre ganze Aufmerksamkeit seinen routiniert abgespulten Scherzen und Komplimenten, mit denen er sie professionell um den Finger wickelte. Ein ziemlich peinliches Schauspiel.

„Das ist der Feinkost-Lieferant, hat sie sich von ihm wieder paar Eimer Heringssalat aufschwatzen lassen, garantiert", flüsterte Essam in meine Richtung und grinste, „das saure Zeug, das keiner will".

"Jede Wette", stimmte ich ihm leise zu und nickte kaum merklich, "das landet dann alles bloß hinterher in der Tonne."

„Und ist kurz vor Verfallsdatum, das Fraß, ich sag dir", ergänzte Essam feixend, "so wie sie selbst, die alte Elefant."

Frau Bauer kam zu uns an den Tisch, und während wir dann alle gemeinsam frühstückten, zählte sie wie üblich die Bons der ‚Einzelwanderer' aus und teilte uns die Anzahl der für das Mittagessen angemeldeten Gäste mit. Auch eine kleine, neu angereiste Gruppe aus der DDR, so erfuhren wir zu meiner Überraschung, sollte heute dabei sein.

Na mal sehen, dachte ich, da bin ich ja gespannt.

Zum Mittag standen Spaghetti Bolognese auf dem Plan, für neunzig Personen. An sich war das zwar ohne Weiteres zu schaffen, doch stöhnte bereits jetzt alles unter der Sommerhitze, und bei uns in der Küche, wo die riesige Spülmaschine wie ein böser Drache fauchte, das Hackfleisch dampfend in der Kippbratpfanne schmorte und der große Kessel mit dem Wasser für die Spaghetti zum Kochen gebracht wurde, da kletterten die Temperaturen gleich nochmal ein paar Grad höher als woanders. Selbst die offenen Fenster brachten hier kaum Linderung, denn nirgendwo ging ein Lüftchen, überall flirrte bloß die Hitze. Jedenfalls kam ich beim Wischen des Speisesaales heute ebenfalls ordentlich ins Schwitzen.

„Ähm, ich geh mal für ′ne halbe Stunde in den Kühlraum runter, da muss bestimmt gerade ′n bisschen Ordnung gemacht werden", scherzte ich hinterher locker, doch natürlich wusste ich, dass es bis zum Feierabend für mich hier oben noch mehr als genug zu tun geben würde.

Essam, der gerade Tomatenmark und Dosentomaten in das Gehackte einrührte, schwitzte zwar auch, aber er grinste trotzdem unablässig dabei, anscheinend machte es ihm nicht viel aus.

„In Ägypten wir sagen, dass Körpertemperatur ist siebenunddreißig Grad, und alles was ist unter das, zählt als kalt", erklärte er lachend. „So einfach die Sache ist."

Mit dem Ärmel wischte er sich die Schweißperlen von der Stirn und streute dann eine Handvoll Kräutermischung auf die Bolognese.

„Bei uns zu Hause gibt Spezialgewürz", ließ er mich mit gesenkter Stimme wissen und grinste besonders verschlagen dabei, „machst du überall eine Prise ran. An Kuchen oder Suppe, oder Pizza, egal, kannst du auch paar Krümel rauchen davon, schön gemütlich nach Essen. Ist universal, für alles, passt immer. Verstehst du, was ich meine?"

Ich sah ihn fragend an, mit Blick auf die Bolognese.

„Aber das waren jetzt bloß Gartenkräuter, oder?", vergewisserte ich mich unschuldig, und er lachte schallend drauflos.

Die Essensausgabe lief ab wie immer, ich guckte jedoch etwas genauer hin, als die Gruppe aus dem Osten kam. Es waren nur acht Personen, fast alles junge Männer Anfang Zwanzig mit ordentlichem Kurzhaarschnitt, angekündigt unter der Ortsbezeichnung ‚Waren/Müritz'. Vorn am Tresen schnappte ich bloß etwas auf vom ‚sowjetischen Ehrenmal im Tiergarten'; anscheinend wollten sie das besichtigen, oder sie hatten es schon.

Zwei Mann holten den Gruppenwagen ab und bedankten sich, dann setzten sich alle an einen Tisch am Fenster und begannen zu essen.

Hm, sollte ich eventuell mal hingehen und sie ansprechen?, überlegte ich.

Als sie ungefähr eine Viertelstunde später mit ihrer Mahlzeit fertig waren und ihr Geschirr zusammenräumten, ging ich zu ihnen rüber.

„Na hallo, ich war auch schon 'n paarmal an der Müritz, kenne die Ecke", begann ich möglichst beiläufig und hantierte dabei mit der Besteckschüssel und tat so, als ob ich den Tellerstapel und die paar Tassen auf dem Wagen etwas zurechtrücken müsste.

„Hab lange oben an der Küste gewohnt", fuhr ich fort, „bin aber jetzt im Frühling rüber, nach drei Jahren Antrag, und arbeite seit zwei Monaten hier. Alles paletti, eigene Bude habe ich auch schon. Läuft super, echt. Naja, im Osten gärt es ja mittlerweile immer mehr, oder?"

Ich sah sie an, keiner lächelte, nur abweisende, verkniffene Gesichter. Keiner von ihnen sagte etwas, nicht einen einzigen Ton, und trotz des üblichen Tellerklapperns und der Kinderstimmen ringsum stand einen Moment lang eine seltsame Stille im Raum.

„Na nix für ungut", brummte ich und schob mit meinem Geschirrwagen ab zu Nang in die Spülecke.

Eigentlich hatte ich auch nichts anderes erwartet.

Inzwischen war das Geburtstagskind Benjakalyani eingetroffen, und wir gratulierten ihr erst mal alle der Reihe nach.

Sie hatte extra ihren berühmten Gewürzkoffer mitgebracht, um für uns etwas vorzubereiten, deshalb stand sie auch gleich wieder am Herd. Nebenher bearbeitete sie eine Melone, und das war sehenswert: Von der oberen Hälfte schnitzte sie einfach zwei knappe Viertel weg und ließ dazwischen nur eine Art schmalen Steg, einen Henkel, stehen, und danach höhlte sie die untere Hälfte vorsichtig aus, so dass schließlich nur ein leerer Korb aus Schale übrig blieb. Dieser aber wurde mit dem in Würfel geschnittenen ursprünglichen Inhalt wieder aufgefüllt, so dass am Ende nun ein niedliches Rotkäppchen-

Körbchen voller leckerer Melonenwürfel als kunstvolle Tischdekoration bereitstand. Tja, und natürlich verwandelte sie all das von ihr mitgebrachte Gemüse ebenfalls entsprechend. Aus Möhren beispielsweise zauberte sie filigrane Rosetten und Radieschen wurden zu gezackten Sternchen, und so weiter.

Es dauerte nicht lange, und aus ihren Töpfen begann es verführerisch zu duften. „In zehn Minuten fertig", rief sie schließlich, also machten sich Julia und Nang schon mal ans Tischdecken, während ich schnell noch die letzten Arbeiten unserer Frühschicht erledigte.

„Na heute isst von uns wohl keiner Spaghetti Bolognese", meinte ich zu Essam und sah ihn fragend an, „soll ich was davon nach unten bringen?"

„Danke, aber das muss Spätschicht nachher machen, wenn ist richtig abgekühlt", antwortete er mit Blick auf den Topf, in den er die restliche Soße gefüllt hatte. "Das kann man noch aufheben."

Dann nahm er die Schüssel mit den paar übriggebliebenen Nudeln, ließ das bisschen in den Abfallbehälter flutschen und brachte mit breitem Grinsen wieder seinen Standardspruch: "Bringst du weg das Fraß, bitte".

Also schnappte ich mir den Müllbeutel, warf ihn mir über die Schulter wie Knecht Ruprecht seinen Gabensack und trug ihn raus auf den Hof, wo ich ihn, spielerisch mal eben einen olympischen Hammerwerfer imitierend, mit einer schwungvollen Drehung in hohem Bogen in den Container beförderte.

Hinterher wusch ich mir in der Spülecke gründlich die Hände, zog mir den Kittel aus und schlitterte zu guter Letzt mit ordentlich Anlauf nach vorn zu den anderen.

„Hübsch", meinte Benja daraufhin bloß anerkennend mit Blick auf meine bunte Sommerhose, die ich neulich auf dem Flohmarkt gekauft hatte, und lachend fuhr sie fort: „Ecki, gehst du damit zum Strand, sieht sexy aus. Bist du schöner junger Mann, alle Mädchen gucken."

„Wenn du es sagst", erwiderte ich locker, wobei ich mich bemühte, mir meine leichte Verlegenheit nicht anmerken zu lassen. Denn sonst hätte Nang bestimmt erst richtig losgelegt, mich vor der ganzen Runde damit aufzuziehen. Also flüchtete ich mich lieber in Geschäftigkeit und brachte Benja den Servierwagen für ihre Schüsselchen und Terrinen, und kurze Zeit später schob ich ihn beladen mit dampfenden Delikatessen rüber zu unserem Tisch, an dem wir alle gemeinsam Platz nahmen. Frau Bauer hatte eine Flasche Sekt besorgt, so dass erst einmal zünftig auf das Wohl des Geburtstagskindes angestoßen wurde.

„Das ist nicht scharf", versicherte Benja uns anschließend, als sie die Teller auffüllte, und obwohl mir dann nach dem ersten Löffel zwar doch ein wenig der Mund brannte, stimmte ich ihr bereitwillig zu. Weil ich mittlerweile nämlich ganz genau wusste, dass dieses Essen für thailändische Verhältnisse heute wirklich sehr mild gewürzt war. Extra für uns Farang, für uns paar Langnasen. Denn ich erinnerte mich noch lebhaft daran, als ich das erste Mal etwas aus Benjas Töpfen probiert hatte und danach mit gleichermaßen tränennassen wie schreckgeweiteten Augen um den Tisch der thailändischen Kollegen gehüpft war, voller Überzeugung, dass man mir gerade mit einem heimlich präparierten Verkostungshäppchen einen ziemlich üblen Streich gespielt hatte. Es schien mir damals schlichtweg einfach nicht vorstellbar, dass dies tatsächlich bloß eine ihrer ganz gewöhnlichen Mahlzeiten gewesen sein sollte, ja dass überhaupt jemand freiwillig so dermaßen höllisch scharf essen konnte. Doch mittlerweile wusste ich es besser, und daher war ich sehr dankbar für jede der milderen Versionen von Benjas Köstlichkeiten.

Als wir dann alle etwas später rundum gesättigt bei den Melonenhäppchen angelangt waren, verabschiedete sich Frau Bauer als Erste, und auch Essam folgte ihr leider bald, so dass von der Frühschicht außer Benja und mir schließlich nur noch Julia und Nang am Tisch saßen, plus die beiden von der Spätschicht, Charoenrasamee, die von allen nur Karo genannt wurde, und Puja, der eigentlich Pu Yai Bahn hieß, was angeblich so viel wie Bürgermeister bedeutete. Ihre Vornamen konnte ich ja inzwischen schon einigermaßen korrekt aussprechen, aber nun wollten sie mir noch ein paar Wörter mehr beibringen, damit ich zum Beispiel mal als Tourist auch ein Tuk Tuk mieten könnte, und ähnliches. Doch leider begriff ich anscheinend überhaupt nichts, jedenfalls lachten sie sich schlapp über meine unbeholfenen Sprechversuche. Wer weiß, was sie mir alles in Mund legen, dachte ich bloß, vielleicht stottere ich gerade, dass ich gern Sex mit einem Wasserbüffel haben möchte. Möglicherweise war das ja auch ihre kleine Rache für letzte Woche, als ich Nang beinahe mit Erfolg eingeredet hatte, mit dem Konvektomaten würde man quasi Konfekt aus Tomaten herstellen können, mit Spezial-Zutaten und bei der richtigen Temperatur, daher der Name...

Etwa gegen halb drei kam dann Nangs Ehemann, der sie eigentlich bloß abholen wollte, aber auch er musste sich natürlich erst noch setzen und ein wenig von Benjas Kochkünsten überzeugen lassen. Allmählich löste sich dann freilich doch die Runde auf, und als Benja sich am Ende erhob, um ihre mitgebrachten Utensilien einzupacken, da räumte auch der Rest von uns zusammen und machte sich fertig zum Gehen.

„Schöne Feier noch", wünschten wir ihr, und auch von Karo und Puja verabschiedeten wir uns mit einem fröhlichen winke-winke. Die beiden waren fleißig und schnell und kriegten die Schicht garantiert auch ohne Benja hin, und falls trotzdem etwas liegen bleiben sollte, würden wir es eben morgen früh miterledigen.

Zum Feierabend ging ich erst noch bei Klaas an der Rezeption vorbei. Ich hatte ihn nämlich gebeten, mir dort im Büro für meine neue Wohnung drei ordentliche Namensschilder auszudrucken, und zwar für den Briefkasten, die Wohnungstür und das Klingelbrett draußen an der Haustür.

„Na wie gehts dem Smutje, klar Schiff im Achterdeck?", begrüßte er mich, griff hinter sich ins Regal und drückte mir einen Umschlag in die Hand.

„Aber sicher, stets leckeres Gemüse in der Kombüse", gab ich ihm zur Antwort, auf seinen maritimen Stil einsteigend, worauf er wiederum grinsend erwiderte: „Denk dran, nur Mäuschen allererster Güte dürfen rein in die Kajüte!"

Klaas stammte ursprünglich aus einer holländischen Kleinstadt, hatte aber auch bereits eine Weile in Rotterdam, Dublin und Kopenhagen gelebt und war dann irgendwie vor etlichen Jahren schon über Hamburg, wo seine deutsche Mutter inzwischen wohnte, nach Berlin gekommen und schließlich nun mit Anfang Vierzig wohl endgültig hier hängen geblieben, mittlerweile mit Frau und Kind. Komischerweise trug er fast immer karierte Holzfällerhemden und braune Cordhosen mit altmodischen Hosenträgern. Den Spitznamen ‚Smutje' hatte er mir übrigens verpasst, aus welchem Grund auch immer, und zumindest vorn unter den Rezeptionisten wurde ich auch meist so gerufen.

Ich begutachtete kurz die drei Namensaufkleber, bedankte mich dafür bei Klaas und erzählte ihm noch ein bisschen von Benjas kleiner Geburtstagsfeier, und gerade als ich gehen wollte, kam Clarissa nebenan aus dem Büro.

„Ah, du bist noch hier?", rief sie überrascht und schaute auf die Uhr.

„Hast du mal 'ne Minute?"

Ich nickte und folgte ihr, mit einer Mischung aus Neugier und leichter Besorgnis, denn was könnte die Leiterin des Hauses wohl so spontan von mir wollen? Doch schon kurz darauf erfuhr ich den Grund dafür: die Gruppe aus der DDR hatte sich nämlich beschwert. Man wäre ‚unangemessen' und ‚auf belästigende Art und Weise' von mir angesprochen worden.

„Ich wollte es dir nur sagen", meinte Clarissa mit freundlichem Lächeln, „also ich kann mir schon denken, dass es bei denen eher so 'ne formelle Sache ist. Trotzdem, am besten ist, du gehst ihnen einfach komplett aus dem Weg."

„Kannst dich drauf verlassen", versicherte ich ihr, schilderte das Ganze aber auch nochmal kurz aus meiner Sicht.

„Na klar, das sind ausgewählte, von der Stasi handverlesene Leute", fasste ich dann zum Schluss zusammen, „die müssen jeden Versuch der ‚Kontaktaufnahme' sofort anzeigen, sonst gibts Ärger und das wars in Zukunft mit den schönen Westreisen. Tja, da passt eben einer auf den anderen auf wie 'n Schießhund, und das wissen die. Also melden sie lieber gleich jeden Furz und ‚beschweren' sich alle zusammen ganz offiziell, bevor sonst nämlich einer hintenrum den anderen verpfeift deswegen! So 'n Schiss haben die, glaub mir! Viel mehr steckt letztendlich nicht dahinter."

Clarissa nickte, anscheinend sah sie es genauso. Arme Schweine, dachte ich bloß. Aber da die Angelegenheit nun offenbar geklärt war, machte ich mich auf den sonnigen Heimweg, und zwar heiter und unbeschwert.

Trotz der Beschwerde.

Zu Hause angekommen, brachte ich draußen am Klingelbrett gleich den neuen Aufkleber an, anschließend entfernte ich am Briefkasten unten im Treppenflur mein bisheriges handgekritzeltes Namensschild, das ich neulich bloß notdürftig angepappt hatte. Dadurch kam jetzt jedoch eine darunter liegende Aufschrift teilweise wieder zum Vorschein. Komisch, dachte ich, und kratzte ganz sachte mit dem Fingernagel weiter daran herum, denn der

Name meines Vormieters war bei meinem Einzug bereits überall entfernt worden. Was mochte also unter dieser dünnen Papierschicht verborgen sein? Mein detektivischer Ehrgeiz war geweckt. Bald hatte ich ein großes ‚K' freigelegt, dem ein paar unleserliche Kleinbuchstaben folgten, und weiter hinten ein großes ‚W', mit dem anscheinend der Nachname begann.

Ich versuchte das Ganze zu entziffern, doch es gelang mir nicht recht.

Hm, grübelte ich, ‚Kerstin Weber' vielleicht?

Ich gestehe, ich fummelte noch eine ganze Weile daran herum, behutsam wie beim Freipinseln eines filigranen archäologischen Artefakts, bis ich schließlich genügend weitere winzige Papierfetzen abgelöst hatte und endlich mit hinreichender Sicherheit erkennen konnte, was dort geschrieben stand: ‚Keine Werbung'.

Na egal, dachte ich, grinste vor mich hin und schabte es ab, so gut es ging.

Dann klebte ich mein eigenes Namensschild darüber.

Denn jetzt wohnte ich hier.

II

Inzwischen lebte ich nun schon über ein Jahr in Westberlin. Meine Wohnung war längst fertig renoviert, in der Küche stand eine Duschkabine mit Boiler und Pumpe, und ein Hochbett oder besser wohl eigentlich eine ganze Hochetage sorgte für genügend Platz in meinem kleinen Zimmer. Zwar bestand die gesamte Einrichtung - bis auf die Stereoanlage - im Prinzip nur aus gebrauchtem Mobiliar, aber ich fand es dennoch urgemütlich. Finanziell hatte es außerdem sogar noch für einen ersten schönen Urlaub gereicht, denn im Frühling war ich für zwei Wochen in Südfrankreich gewesen, Kanufahren auf dem Tarn und ein bisschen Wandern in den Cevennen.

Auch auf Arbeit hatte sich mittlerweile einiges verändert: Clarissa, unsere junge, sonnige Leiterin, war Ende Juni weggegangen, um zusammen mit ihrem Partner eine Herberge in der Schweiz zu übernehmen, und deswegen hatten wir nun einen neuen Chef gekriegt. Jens, ein bärtiger Mittvierziger, der angeblich etliche Jahre bei Projekten der Entwicklungshilfe in Afrika gearbeitet hatte und nun gerade erst wieder frisch nach Deutschland zurückgekommen sein sollte, wie zu hören war. Man konnte noch nicht viel über ihn sagen, aber wir in der Küche würden ja sowieso bloß höchstens am Rande mit ihm zu tun haben. Als viel wichtiger für uns erwies sich da freilich, dass unsere Küchenchefin Frau Bauer bereits etwas früher als geplant in den Ruhestand gegangen war, aus gesundheitlichen Gründen. So hieß es zumindest, denn leider hatte sich die Stimmung zwischen ihr und Clarissa zum Schluss mehr und mehr eingetrübt. Ob da hinter den Kulissen tatsächlich noch irgendetwas anderes, nun sagen wir mal: hochgekocht war, wie es einige Gerüchte vermuten ließen, das vermochte keiner von uns zu beurteilen. Auf jeden Fall war sie in den letzten Monaten oft krankgeschrieben gewesen, und ich hatte in dieser Zeit die Büroarbeit für die Küche übernommen. Besonders auch Clarissa zuliebe, die ich in ihren letzten Wochen natürlich nicht hängen lassen wollte. Im Prinzip machte ich ja eigentlich bloß immer die Tagesabrechnungen fertig und füllte die Bestellzettel für sämtliche Lieferanten aus, jeweils angepasst an die aktuelle Belegungssituation und abgestimmt auf den irgendwie zusammengebastelten Essensplan, und

Clarissa kam dann zum Feierabend rüber zu mir in die Küche, um das Ganze zu unterschreiben.

Mit Jens, der nun vor zwei Wochen die Hausleitung übernommen hatte und sich erst überall einarbeiten musste, ging es zunächst einmal genauso weiter. Er war froh, dass es in der Küche lief und ließ uns daher einfach machen. Natürlich wurde aber bereits mit Hochdruck nach einer Nachfolgerin für Frau Bauer gesucht, so erfuhren wir; der übergeordnete Landesverband hätte wohl auch schon eine Kandidatin in der engeren Wahl.

Des Weiteren wäre noch anzumerken, dass Milana, unsere vierfache 'Multimutter', inzwischen mit dem fünften Kind schwanger ging und sich deswegen seit Kurzem in Mutterschutz befand, so dass für sie nun eine junge Polin, Halina, eingestellt worden war. Ein ruhiges, gutmütiges Mädchen, Mitte Zwanzig. Apropos, und nur der Vollständigkeit halber: Mit Julia war ich in angeheiterter Stimmung nach der letzten Weihnachtsfeier (ja, auch wenn es sich noch so abgedroschen anhören mag) auf meinem Hochbett gelandet. Doch das war eine einmalige Angelegenheit geblieben. Nein, es gab kein schales Gefühl, aber wir wussten eben auch beide, dass aus uns letztendlich kein Paar werden würde.

Im Großen und Ganzen ging also eigentlich alles soweit seinen geordneten Gang, ohne spektakuläre Ereignisse.

Aber das änderte sich mit dem Tag, an dem Susanne erschien, unsere neue Küchenleiterin.

Gott sei Dank, die Frühschicht in der Küche war mal wieder geschafft! Der dritte Tag mit Susanne, der neuen Chefin, überstanden! Ich wartete im Foyer auf Melanie von der Rezeption, die mich heute am Nachmittag in den Geräteservice einweisen sollte. Denn an der hinteren Wand der Halle standen vier Verkaufsautomaten, je ein großer für Süßwaren und Snacks, und je ein kleinerer für gekühlte Softdrinks und für Heißgetränke, um die sich Melanie bislang alleine kümmerte. Manchmal blieb sie deshalb nach ihrer Morgenschicht an der Rezeption eine halbe Stunde länger, oder sie kam vor der Spätschicht etwas früher. Doch da sie demnächst in Urlaub gehen wollte, hatte ich mich auf die Bitte von Jens hin bereit erklärt, für drei Wochen ihre Vertretung bei den Automaten zu übernehmen. Immerhin war ich ja dank Susanne in der Küche nun wieder von dem ganzen Schreibkram befreit, und außerdem sollte ich für diesen Zusatzjob anständig mit Freizeitausgleich bzw. Überstundenbezahlung entschädigt werden. Das hatte mit Clarissa in den letzten Wochen schon problemlos geklappt, für die Arbeit im Küchenbüro, und das war mir jetzt auch ebenso von Jens zugesagt worden.

„Na, was macht der Stress in der Kombüse?", erkundigte sich Melanie zur Begrüßung bei mir. „Julia und Halina haben ja vorhin so einiges verlauten lassen, als ich mir hinten 'n Kaffee geholt habe. Die Neue mault wohl bloß ziemlich die Leute an, hm?"

„Hör bloß auf", winkte ich ab, „mit der Tante haben wir 'nen Fang gemacht, sage ich dir. Ist 'ne studierte Ökotrophologin, angeblich, das Diplom wohl noch ganz frisch. Susanne heißt sie. Hat von nix 'ne Ahnung, aber will alles umkrempeln. Na wir werden ja sehen, wohin sich das Ganze noch entwickelt."

Melanie grinste, nahm ihr Schlüsselbund und schloss den kleinen Verschlag unter der Treppe auf, der als Lager diente. Stapelweise Kartons mit Müsli- und Schokoriegeln, Kekse und Waffeln, Salzstangen und Würstchen.

„Eigentlich ist das gar nicht so viel Arbeit", behauptete sie mit fröhlichem Lächeln, und in der nächsten halben Stunde zeigte sie mir dann, wie man bei den Automaten die einzelnen Waren nachfüllte, worauf zu achten war und was nachher in den Listen alles eingetragen werden musste.

„Bloß die Reinigung bei den Getränkeautomaten, besonders beim Kakao, das nervt schon mal und kann etwas dauern", warnte sie mich vor, „und wenn du alle paar Tage Geld rausholst oder die Abrechnung machst, dann musst du schon 'n bisschen mehr Zeit einplanen."

Seufzend vertraute sie mir an, dass in letzter Zeit immer mehr Falschgeld in den Automaten landen würde, also Falschgeld im Sinne von so gut wie wertlosen, ausländischen Münzen. Es gab nämlich irgendwelche türkische Kurus, die anstelle von 50 Pfennig durchrutschten, und neuerdings auch massenhaft polnische 20-Zloty-Stücke, deren Rändelung professionell abgefräst oder abgeschliffen worden war, so dass sie als eine D-Mark angenommen wurden. Deshalb sah man nun schon überall in der Stadt Fahrkarten- und Zigarettenautomaten mit abgeklebten oder anderweitig gesperrten Eine-Mark-Schlitzen.

„So, das wärs im Prinzip, wir sind durch, glaube ich", erklärte Melanie schließlich aufatmend, nachdem sie mich zu guter Letzt auch noch in das Bestellsystem für den Nachschub eingeweiht hatte.

Fragend sah sie mich an, ich nickte ihr stumm zu, und sie legte Stift und Papiere zurück auf den Kartonstapel in der Ecke und schloss die Tür zu dem kleinen Vorratsraum wieder ab.

„Ruhe im Kabuff", rief sie heiter, „Schluss für heute!"

In diesem Moment erschien Puja, der in der Küche die Spätschicht unterstützen sollte, und blieb auf einen kleinen Schwatz bei Melanie und mir stehen, und dann kam auch noch Decha hinzu, ebenfalls ein Asiate, der aber auf der Etage arbeitete und gerade einen vollen Rollcontainer mit Bettzeug quer durch das Foyer geschoben und in der Wäschekammer abgestellt hatte.

Ein wenig sensationslüstern erkundigte sich Puja bei mir nach Neuigkeiten aus der Küche, aber das meiste, was ich ihm daraufhin berichtete, hatte er wohl sowieso schon von Benja und Nang gehört, wie mir schien.

„Siehst du, Frau Bauer war jedenfalls gar nicht so verkehrt gewesen", meinte er nach einer Weile und lachte, „aber das merkt man ja oft erst hinterher, wenn es vorbei ist."

„Zumindest hat sie bei Kleinigkeiten nicht gleich ein Riesentheater gemacht und uns immer einigermaßen in Ruhe gelassen", stimmte ich ihm zu, und die anderen nickten.

Inzwischen war eine Schulklasse eingetroffen, der Lärmpegel um uns herum stieg, und ein paar Kinder, die sich für die Automaten interessierten, hatten sich uns genähert. Sie begannen, in ihren Portemonnaies nach Kleingeld zu suchen, doch zwei Jungen, vielleicht zehn oder elf Jahre alt, kamen immer dichter an Decha heran und betrachteten ihn neugierig.

„Kannst du Thai-Boxen?", fragte ihn einer plötzlich ganz kess.

Decha drehte sich zu den beiden hin und sah sie an.

„Jaaa", hauchte er geheimnisvoll zur Antwort, verzog dabei jedoch keine Miene, sondern nickte dazu nur gravitätisch wie ein alter buddhistischer Mönch, und dann blickte er sich langsam um und fuhr mit gesenkter Stimme fort: „Aber er dort ist unser Meister."

Dabei zeigte er bloß ganz sachte mit dem Finger auf den sehnigen Puja, der in seinem knappen Muscle Shirt neben Melanie stand, und deutete eine leichte Verbeugung in dessen Richtung hin an, und die Blicke der auf einmal vor Ehrfurcht erstarrten Kids wechselten zwischen Decha und Meister Puja hin und her. Während ich mich beherrschen musste, um nicht laut loszubrüllen.

Bald darauf verabschiedete sich Melanie, die die Automatenschlüssel noch zurück ins Büro bringen musste, und auch Decha und Puja gingen ihrer Wege. Doch dafür kam nun Klaas, der vorhin erst die Rezeption übernommen hatte und sich jetzt nur schnell eine Cola holen wollte.

„Der blöde Kaffeeautomat streikt übrigens auch öfter mal, dann klemmt 'n Becher und die ganze Soße läuft vorbei", brummte er, während er Münzen einwarf, „und die Leute kommen zu mir an die Rezeption, beschweren sich und wollen ihre Kohle zurück."

„Mh, ich weiß", erwiderte ich beiläufig, „da müssen wir wohl mal 'ne kleine Extrakasse für anlegen."

Eigentlich wollte ich mich nun endlich auf den Weg nach draußen machen, um in der Sonne ein bisschen Fahrrad zu fahren, da erblickte ich diese bildhübsche Südamerikanerin am Eingang, die mir schon vor zwei Tagen aufgefallen war. Ziemlich klein und eher schmal, in Jeans und einem orange-gelben T-Shirt, an den Handgelenken viele bunte Armreifen. Sie war das schönste Mädchen, das ich seit langem gesehen hatte, und sie lächelte immer so ungemein herzlich, wirklich immer! Es schien beinahe, als ginge von ihr ein permanenter Strom liebevoller Zuwendung aus, für alles und jeden, auch wenn es noch so lächerlich klingen mochte. Mir kam es jedenfalls so vor, als wäre sie regelrecht von einer Aura umgeben, wie die Abgesandte einer besseren Welt. Lange pechschwarze Haare, der Teint etwas dunkler, aber vor allem diese Augen! Ihr ganzes Gesicht hatte irgendwie einen leicht indianischen Einschlag, vielleicht war sie ja tatsächlich zu einem Viertel Inkaprinzessin? Also im Prinzip konnte man sich in diesem Haus natürlich jeden Tag dreimal aufs Neue verlieben, bei der Unmenge an Kandidatinnen, aber so ein Juwel wie sie war selbst hier selten. Schon zweimal hatte ich ihr beim Frühstück die Thermosflasche mit heißem Wasser aufgefüllt, denn sie trank offenbar keinen Kaffee und auch keinen schwarzen Tee, sondern sie brühte sich irgendeine spezielle Kräutermischung selber auf, möglicherweise etwas Medizinisches. So hatte ich es zumindest verstanden, denn sie sprach anscheinend kaum Englisch, und ich leider nur sehr wenig Spanisch. Zwar hatte ich mir in den letzten Monaten ein paar der gängigsten Vokabeln und Redewendungen selber eingetrichtert, indem ich immer mal wieder nebenbei Sprachkassetten dudeln ließ, bloß viel mehr als *señorita* und *mañana* bis hin zum magischen *vaya con Dios!* blieb bei dieser Methode freilich auch nicht hängen. Aber besser als nichts war es natürlich allemal.

Sie war Kolumbianerin und hieß Maria, so viel wusste ich bereits, mehr aber auch nicht.

Klaas bekam mit, wie ich sie von Weitem grüßte und sie mir daraufhin verhalten zunickte, bevor sie sich wieder zu ihren Freunden umdrehte.

Er schien ihr noch einen Moment lang auf den Hintern zu starren.

"Al dente", murmelte er dann grinsend, „bissfest", nahm vorsichtig einen ersten Schluck aus seinem Colabecher und schlurfte allmählich los in Richtung Rezeption.

Halt mich fest, rauschte es derweil bloß in meinem Kopf, die ist einfach zum Niederknien schön. Aber alles, was irgendwie mit ihr zu tun hatte, war natürlich viel zu heilig, um es laut auszusprechen, noch dazu vor Klaas.

Um nicht einfach nur weiter wie bedeppert allein in der Halle herumzustehen, raffte ich mich schließlich auf und lief langsam in Richtung Ausgang. Eventuell würde ich sie ja morgen wieder beim Frühstück sehen, hoffte ich, das musste reichen.

„Ey Ecki. mach du denen das mal klar, bitte", hörte ich da Klaas plötzlich ein wenig genervt um Hilfe rufend. „Zimmer 408 bis 411, also Nebengebäude. Bollocks, verflucht! Die latschen sonst ins Nirwana."

Er hatte gut zu tun, eine ganze Traube von Gästen stand an der Rezeption, die alle einchecken wollten. Die sechs oder sieben Südamerikaner hielten zwar bereits ihre neuen Schlüssel in den Händen, denn sie mussten die Zimmer wechseln, was durchaus öfter mal vorkam, wenn neue Gruppen anreisten. Doch sie verstanden offenbar nicht richtig, was Klaas ihnen deswegen noch alles auf Englisch mitteilen wollte, und Spanisch sprach er überhaupt nicht. Eigentlich ging es mir da ja nicht viel anders, aber das wusste Klaas nicht, und unter den Blinden war der Einäugige bekanntlich König. Außerdem sah ich bloß die schöne Maria, auch wenn ich mich kaum traute, ihren Blick länger als eine Sekunde zu erwidern. Denn sie guckte jetzt erwartungsvoll zu mir rüber, so wie die anderen auch.

„Bueno", begann ich also und versuchte ihnen zu erklären, dass sie jetzt im vierten Stock untergebracht wären, jedoch nicht hier im Haupthaus, sondern diesmal im Nebengebäude, und deshalb müssten sie erst die große Treppe hoch und danach nach rechts abbiegen, durch den langen Korridor, wo sie dann übrigens auch die neue Bettwäsche finden würden, na und so weiter.

Anscheinend hatten sie mich sogar wirklich verstanden, denn sie bedankten sich, nahmen ihr Gepäck auf und trotteten los. Auch Maria, natürlich.

Ich weiß nicht wieso, doch komischerweise fiel es mir plötzlich ganz leicht, sie anzusprechen.

„Da ist was kaputt, aber das kann man schnell reparieren", sagte ich auf Spanisch (oder was ich dafür hielt) zu ihr und zeigte auf eine abgerissene Öse an ihrem Rucksack, wegen der sich die obere Abdeckung nun nicht mehr richtig festzurren ließ.

„Sí, lo sé", antwortete sie freundlich, also dass sie das bereits wüsste, und dann verstand ich nur ungefähr so viel, als dass sie schon bei jemandem nach Metalldraht gefragt hätte und man außerdem wohl Werkzeug bräuchte.

Lächelnd zuckte sie mit den Schultern und sah mich an.

Keinerlei Schminke, registrierte ich bloß unbewusst, einfach nur makellose Schönheit. Je näher ich ihr kam, umso anziehender erschien sie mir.

„Un momentito, por favor", bat ich, holte die Hausmeister-Kiste, die immer für kleine Schrankreparaturen oder ähnliches an der Rezeption stand, und lief als Nächstes schnell die paar Schritte nach draußen vor die Tür, wo ich kurzerhand einen der Karabinerhaken von meiner Fahrradtasche abschnitt. Pfeif drauf, dachte ich bloß. Den fummelte ich dann mit der Zange an ihren Rucksack ran, während ich dabei ab und an ein paar Worte mit ihr wechselte, und ich hätte ohne Weiteres auch den Rest des Tages so verbringen können. Hauptsache in ihrer Nähe, alles andere war zweitrangig.

Halina war bereits fleißig am Arbeiten, der erste Turm der Kaffeemaschine gluckerte schon leise vor sich hin.

Wie jeden Morgen holte ich zuerst die Butter von unten aus dem Kühlraum hoch und stellte die Kartons oben auf der Arbeitsplatte ab, neben die Marmelade.

„Reicht das?", fragte mich Halina, die an der Schneidemaschine stand, und zeigte auf den Berg frischer Käsescheiben.

„Erst mal ja", antwortete ich, „aber Wurst brauchen wir noch mehr."

Ich holte ihr eine große Salami und machte dann das kleine Kofferradio am Fenster an, das ich vor einem halben Jahr mal mitgebracht hatte. Nach kurzer Sendersuche erklang gefällige Popmusik, und während ich mich anschließend um die Gruppenwagen kümmerte, liefen im Hintergrund ein paar der aktuellen Hits. Michael Jackson sang ‚Dirty Diana', danach kamen Whitney Houston und Jennifer Rush, zwischendurch immer unterbrochen von dem üblichen Geplapper, und hinterher noch Bruce Hornsby, gefolgt von den Nachrichten und dem Wetterbericht.

Demnach konnten wir uns also auf einen weiteren sonnigen Tag freuen.

Na mal sehen, was uns heute erwartet, dachte ich mit gemischten Gefühlen. Draußen das schönste Sommerwetter, und drinnen gibts bestimmt gleich wieder dicke Luft.

Ich holte die Bäckerkisten rein, schnappte mir den Stapel mit den Flechtkörben und begann mit dem Verteilen der Brötchen. Seit vier Tagen war Susanne jetzt unsere neue Chefin. Jens hatte sie am Montag zu uns in die Küche gebracht. Eine Frau um die Dreißig, groß und hager, mit einer Art Männerhaarschnitt - nein, es war nicht unbedingt gleich Liebe auf den ersten Blick. Aber nun ja, sie schien jedenfalls bemüht zu sein, sich freundlich und aufmerksam zu präsentieren, zumindest solange Jens noch in der Nähe stand. Als ich ihr jedoch etwas später im Büro ein bisschen was von dem Papierkram erläutern wollte, beschlich mich ziemlich schnell das Gefühl, dass sie das nicht sonderlich interessierte.

„Naja, das meiste muss sowieso geändert werden", hatte sie bloß leichthin bemerkt, sich auf einen etwa halbstündigen Inspektionsgang durch die Küche und die Vorratsräume begeben und danach erst mal zum Telefonieren zurückgezogen. Offenbar um einfach drauflos zu bestellen, bei irgendwelchen neuen Lieferanten, ohne sich deswegen vorab mit den Köchen oder sonst wem abzusprechen. Teamwork und Personalführung schienen nicht gerade ihre Stärken zu sein, im Gegenteil. Denn am zweiten Morgen waren dann Nang und Benja von ihr heruntergeputzt worden, wegen Zuspätkommens. Wegen schlapper drei beziehungsweise fünf Minuten! ‚Sieben Uhr heißt sieben Uhr!', hatte sie die beiden angeblafft, so dass Benja bei ihrer Predigt buchstäblich die Tränen in die Augen traten. Sie kam eigentlich immer pünktlich, ebenso wie Nang, die meistens von ihrem Mann mit dem Auto zur Arbeit gebracht wurde, nur dienstags klappte das irgendwie nicht.

Jedenfalls, unsere neue Küchenleiterin hatte sich nicht gerade beliebt gemacht mit ihrer herben Art, bei keinem von uns.

Es hatte von Anfang an schon kräftig geknirscht.

„So, die Eier kochen jetzt und müssen dann raus", riss mich Halina aus meinen Gedanken.

„Ja, ich bin gleich soweit", antwortete ich, zwei Körbe mit Brötchen auf den letzten Wagen stellend, „und mehr Marmelade brauchen wir auch noch. Wir liegen aber gut in der Zeit."

Es war Viertel vor sieben, und im Prinzip waren wir fertig.

Nach und nach trudelten nun die anderen ein. Zuerst Nang, die bloß stumm auf die Bürotür deutete, eine Grimasse zog und sich an die Stirn tippte, als nächste Benja und gleich danach Karo. Nur Susanne fehlte jetzt noch.

Erst zwei Minuten nach sieben, als wir vorn am Tresen schon alle Hände voll mit der Ausgabe zu tun hatten, sah ich sie aus den Augenwinkeln hinten den Flur entlang hasten, anscheinend in der Hoffnung, dass es niemand bemerken möge.

„Guten Morgen", rief ich ihr betont freundlich zu, aber auch betont deutlich.

„Guten Morgen", säuselte sie etwas verschämt zurück und huschte ins Büro.

„Ich denke sieben Uhr heißt sieben Uhr?", schob ich noch leicht spöttisch hinterher, und mir war egal, ob sie es hörte oder nicht.

Aber immerhin lächelte Benja ein ganz kleines bisschen.

Die nächsten zwei Stunden liefen hektisch ab wie immer, denn das Haus war voll und entsprechend viel hatten wir zu tun. Frühstücken wollte schließlich jeder Gast. Der einzige echte Lichtblick des Vormittags war die schöne Santa Maria, die mir wieder lächelnd und voller Anmut ihre Thermosflasche mit der Bitte um Heißwasser entgegenstreckte: ‚Agua caliente, por favor!' Ihre Stimme dabei, ihr Blick! Ich war sofort wieder hin und weg und schwebte im siebten Himmel. Auch Nang und Julia hatten wohl schon etwas bemerkt, sie grinsten und tuschelten hinter meinem Rücken. Aber das juckte mich nicht.

Spannend wurde es dann in der Pause, als Susanne an unseren Tisch kam, denn es gab noch immer keinen aktuellen Essensplan und wir wussten auch heute nicht, was es in gut zwei Stunden zum Mittag geben sollte. Freilich war es nicht wie im Restaurant, wo man eine umfangreiche Speisenkarte benötigte; wir in der Jugendherberge boten ja meist nur eine einzige warme Mahlzeit am Tag an und brauchten daher im Prinzip überhaupt bloß sechs oder sieben gängige Rezepte. Weil eben kaum ein Gast oder eine Gruppe länger als eine Woche blieb, so dass es niemanden störte, wenn dann alles nach Gericht Nummer Sieben mit der Nummer Eins wieder von vorne anfing. Doch egal was es heute werden sollte, so langsam mussten wir mit den Vorbereitungen für das Mittagessen wohl beginnen.

„Wie siehts aus, was steht auf dem Plan?", erkundigte ich mich bei Susanne.

„Na was habt ihr denn sonst am Donnerstag zum Mittag gemacht?", antwortete sie mir mit einer Gegenfrage.

Ich zuckte mit den Schultern.

„Kommt drauf an", erwiderte ich. „Hängt auch davon ab, wie viele Personen es sind und was noch alles unten ist."

„Was meinst du?", wandte sie sich direkt an Benja. „Für so hundert Gäste etwa, muss nachher nochmal genau gucken."

„Du musst sagen", entgegnete Benja jedoch bloß kühl. „Ich bin kein Koch. Du Chef und musst sagen, ich weiß nicht."

Nach weiterer zäher Debatte in diesem Stil ließ ich mich schließlich erweichen und schlug Hühnerkeulen mit Reis vor, und Susanne war sofort einverstanden. Allerdings konnte sie mir dann eine Viertelstunde später keine Auskunft darüber geben, was ich dazu genau aus dem Keller hochbringen sollte. Die Anzahl der Keulen war klar, aber wie viel Reis, und was alles für die Soße? Wie viele Dosen Tomatenmark, und reichte eine Stiege Paprika? Eventuell noch ein Kilo Zwiebeln, und auch Crème fraîche? Oder nicht? Benja hätte mir das zwar im Schlaf aufzählen können, aber sie schaltete auf stur, was ich freilich durchaus nachvollziehbar fand.

Also standen wir dann da zu dritt am großen Herd und Susanne redete auf Benja ein, doch die ließ sie einfach ablaufen.

„Nein aber ich kein Koch, du bist Chef und musst mir sagen", antwortete sie bockig nun schon zum vierten oder fünften Mal, als Susanne schließlich hilfesuchend, naja, oder vielleicht auch beinahe flehend, zu mir rüber blickte.

Bloß sollte ich ihr etwa jetzt aus der Patsche helfen und Benja ebenfalls bedrängen?

„Ich bin hier nur der Smutje", beschied ich sie schulterzuckend und hob abwehrend die Hände. Nein, dachte ich ein bisschen schadenfroh, du kannst ruhig selber auslöffeln, was du dir eingebrockt hast.

Aber dann überlegte ich es mir anders, denn natürlich durfte man das nicht auf die Spitze treiben und am Ende noch die Kinder darunter leiden lassen, die um Punkt zwölf hungrig in den Speisesaal strömen würden.

„Na lass uns mal lieber alleine", bat ich Susanne daher, und als sie weg war, begann ich mit Engelszungen auf Benja einzureden und versprach ihr, dass ich nachher zu Jens gehen und ihm das alles schildern würde, damit erstens Susanne mal ordentlich eins auf den Deckel kriegte und zweitens das bisherige vernünftige Arbeitsklima in der Küche wiederhergestellt würde. Aber jetzt müsste sie bitte bitte das Essen für hundert Leute kochen, Susanne hin oder her. Irgendwie fühlte ich mich dabei zwar ein bisschen wie zwischen den Stühlen sitzend, aber es musste ja eine Lösung gefunden werden. Jedenfalls war mir schon deutlich wohler, als ich Benja hinterher den von ihr gewünschten Kram aus dem Keller hochbringen konnte und sie dann wie sonst auch um diese Zeit mit dem Gemüseschnippeln loslegte.

Während sie sich also um das Mittagessen kümmerte und Karo und Nang in der Spülecke den restlichen Abwasch erledigten, wischte ich wieder den Speisesaal durch. Dann kam wie bereits am Vortag schon eine ziemlich große Lieferung, diesmal neben dem üblichen Zeug auch lauter so neumodische Tiefkühl-Bratlinge, und zwar durchweg vegetarisch, die Susanne bestellt hatte und die bei der Hitze sofort im Keller verstaut werden mussten, so dass ich zusammen mit Karo und Nang ordentlich ins Schwitzen geriet.

Susanne lief uns dabei andauernd bloß vor die Füße, offenbar versuchte sie jeden Artikel mit der jeweiligen Position auf der Rechnung abzugleichen, kam dabei aber mit ihren Zetteln immer wieder durcheinander.

„Senf und Ketchup hab ich sogar billiger gekriegt als du letzten Monat", behauptete sie plötzlich mit triumphierendem Lächeln und wies auf ein paar Behälter ganz unten.

Ich war skeptisch und warf einen Blick auf ihre Liste.

„Klar", erwiderte ich schließlich mit unverhohlenem Spott in der Stimme, „deine Acht-Kilo-Eimer kosten tatsächlich weniger als meine mit zehn Kilo. Bloß unterm Strich sind sie leider teurer."

Nachdem das Mittagessen durch war, ging ich nach vorn zu Jens, er hatte zum Glück auch gerade Zeit für mich.

Unumwunden schilderte ich ihm die Probleme in der Küche, ja es brach regelrecht aus mir heraus.

„Das ist 'ne super Mannschaft", versuchte ich ihm dann klarzumachen, „die braucht man nur in Ruhe zu lassen! Da weiß jeder, was er zu tun hat. Die sind fleißig wie die Bienen und machen alle mehr als sie müssen. Besonders Benja, die kann zaubern am Herd! Ohne die sind wir aufgeschmissen, da können wir in den nächsten sechs Wochen die Küche nach dem Frühstück nämlich gleich dicht machen! Wenn die ausfällt, ist Sense! Denk dran, Omar hat Urlaub, der ist in der Türkei, und Essam will gleich im Anschluss auch weg, ist schon genehmigt. Was soll da werden, wer soll kochen? Susanne?"

Ich schüttelte den Kopf.

„Die kann nix, die wird bloß den Leuten zack zack vor die Nase gesetzt und verscherzt es sich mit allen", klagte ich ihm unser Leid. „Wie ein Elefant im Porzellanladen, wie so 'n Poltergeist vergrault sie alle, einen nach dem anderen."

„Naja, den Vertrag hat der Landesverband gemacht, nicht ich", erwiderte Jens, als ob er sich verteidigen müsste. „Sie war wohl als Einzige sofort verfügbar gewesen, hieß es."

„Ja das glaube ich", schnaufte ich bloß.

Wahrscheinlich war Jens auch nicht so recht glücklich mit Susanne als Küchenchefin, schien es mir, doch er wollte sie sicherlich nicht gleich wieder in der Probezeit feuern, nur wegen so ein bisschen Zoff. Denn dadurch würde er ja den Landesverband erneut auf Personalsuche schicken, was ihm dort sicherlich keine Pluspunkte eingebracht hätte. Insbesondere, da er ja selber als neuer Mitarbeiter sozusagen noch unter Beobachtung stand. Also wäre es ihm bestimmt am liebsten, schlussfolgerte ich, wenn wir uns mit Susanne irgendwie zusammenrauften und am Ende doch arrangierten. Bloß das konnte ich mir momentan eben nur schwer vorstellen.

„Ohne Benja läuft jedenfalls nichts", bekräftigte ich deshalb nochmal, „ohne Susanne dagegen schon. Eigentlich sogar besser als mit ihr. So siehts aus."

Beide holten wir tief Luft und schwiegen einen Moment.

Mag sein, dass sie von der Theorie gesunder Ernährung tatsächlich etwas Ahnung hatte, dachte ich, aber andererseits beherrschte sie ja nicht einmal die Grundrechenarten. Doch alles wollte ich nun auch nicht gleich petzen.

„An sich reichen ja sechs oder sieben Rezepte", erklärte ich dann etwas ruhiger, „und die passt man einfach nur immer an die Gästezahl an, das kann doch nicht so schwer sein. Bloß Susanne scheint da ein Totalausfall zu sein, zumindest nach dem, was ich von ihr sehe. Wieso kriegt sie das nicht hin? Jedenfalls, im Moment hängt alles an Benja, und die macht das mit links."

Aber wehe, wenn sie streikt, dachte ich. Wenn sie zum Arzt geht oder so.

„Ach übrigens, wegen der Tagesverbrauchsbögen", fuhr ich dann mit einem anderen Thema fort, „die hab ich ihr schon dreimal erklärt, also wo pro Mahlzeit jeweils der Wareneinsatz eingetragen wird. Wie viel Kilo Butter und Käse und Marmelade, oder wie viel Spaghetti und Gehacktes, und dann unten die Anzahl der Teilnehmer, also der Essenbons plus Gruppen."

„Ja, was ist damit?", fragte Jens nach.

„Na sie scheint das nicht zu begreifen", erwiderte ich. „Wenn da niemand kontrolliert, dann geht da bald völlig der Überblick verloren. Genau wie bei ihren komischen Bestellungen. Das läuft anscheinend alles kunterbunt und querbeet durcheinander, so wie es ihr gerade einfällt. So richtig erkenne ich jedenfalls kein System dahinter. Wir haben ja noch nicht mal einen Essensplan für diese Woche."

„Ich rede mit ihr," antwortete Jens, und er wirkte jetzt doch ein wenig nervös.

„Okay", entgegnete ich schulterzuckend und erhob mich. „Danke."

„Gebt ihr 'ne Chance", bat er zum Schluss versöhnlich, woraufhin ich jedoch nur skeptisch grinsend nickte.

Eine Chance geben, ach ja, dachte ich insgeheim beim Rausgehen, na von mir aus. Bloß solange sie so dermaßen ahnungslos und gleichzeitig von oben herab daherkam, solange würde sich schätzungsweise nicht allzu viel ändern. Sie musste sich verdammt nochmal anstrengen und erst mal ihren Job machen, nicht wir. Ganz einfach.

Warum sollte ich mich überhaupt bemühen, dieser eingebildeten Madame den Arsch zu retten?, fragte ich mich auf einmal ganz nüchtern.

Was ging mich das alles eigentlich an? Mich, den kleinen Smutje?

Als ich zum Feierabend durch das Foyer lief, war kaum jemand zu sehen.

Nur zwei Japaner, die wohl eben erst angekommen waren, saßen weiter hinten und unterhielten sich leise.

Doch weit und breit leider keine schöne Maria, nirgendwo.

Der nächste Tag entwickelte sich in der Küche zunehmend zum Desaster. Nangs Ehemann, der sie normalerweise bloß morgens mit dem Auto draußen vor der Tür absetzte, kam diesmal extra noch mit bis in die Küche und wollte von mir wissen, ob die neue Chefin denn tatsächlich so schlimm wäre, wie Nang zu Hause berichtet hätte.

Das konnte man natürlich noch irgendwie amüsant finden.

Beim Frühstück gabs dann aber bereits erste Beschwerden, weil wir heute keine Wurst sondern neben Marmelade und Käse nur den neuen vegetarischen Brotaufstrich rausgeben sollten, den Susanne bestellt hatte. Ich fand zwar, das Zeug schmeckte gar nicht mal so schlecht, und bei etlichen Gästen kam es auch ganz gut an, aber andere waren nicht so begeistert davon. Insbesondere eine größere Gruppe murrte und machte Rabatz, lauter bayerische Jungs im Teenageralter, die sicherlich Schinken und Mettwurst gewohnt waren und schon am Abend vorher die Champignon- und Tomatenpaste kaum angerührt hatten, wie nun lautstark zu erfahren war.

„Pfeif drauf, also ich hole jetzt die Salamiplatte aus dem Kühlraum", rief ich schließlich entschlossen zu Halina, rannte kurz nach unten und stellte wenige Minuten später den Rest der gestern aufgeschnittenen Wurst auf den Tresen, was die Gemüter im Saal wieder ein wenig zu besänftigen schien.

Das war an sich natürlich durchaus erfreulich, aber erstens kriegte Susanne das mit und maulte mich an deswegen, was freilich noch zu verschmerzen gewesen wäre, doch zweitens hatte ich dadurch Maria mit ihrer Thermosflasche verpasst, was unendlich schwerer wog. Ich erblickte sie nur noch von hinten, in einer Ecke des Speisesaals, im Gespräch mit einem anderen Mädchen.

Damit aber nicht genug, denn etwa um halb elf kam Jens in den Speisesaal und bat mich, heute Abend die Nachtschicht an der Rezeption zu übernehmen. Helge hätte sich überraschend krank gemeldet und sonst wäre wirklich niemand weiter verfügbar von denen, die sich hier auskannten, es gäbe einfach keine weitere Option. Oder er müsste es selber machen.

Na toll, dachte ich, auch das noch, ausgerechnet heute, am Freitag. Zwar war ich vorher schon zweimal kurzfristig dort eingesprungen, als Not am Mann herrschte, so lernte man schließlich mehr vom Haus und überhaupt etwas Neues kennen. Bloß das war im Winter gewesen, im Februar und im März, als man draußen sowieso nichts verpasste.

Ich überlegte also erst noch ein bisschen hin und her und sagte am Ende freilich doch zu, wenn auch schweren Herzens.

Die Krönung des Tages aber bahnte sich gegen Mittag hin an. Essam war heute als Koch eingeteilt, Benja hatte frei, und so ganz perfekt kriegte er die tiefgekühlten Grünkern-Frikadellen bei dieser Premiere wohl einfach nicht hin. Sie waren sicherlich essbar, das schon, allerdings ein wenig trocken und krümelig, möglicherweise hätte man sie kürzer aber dafür mit etwas höherer Temperatur zubereiten müssen. Die hungrigen bayerischen ‚Buam' jedoch rasteten aus, als sie sahen, was ihnen da aufgetischt wurde. Rhythmisch klopften sie mit dem Besteck auf die Tischplatten und skandierten ‚Hunger, Hunger!', wie im Film beim einer Gefängnismeuterei.

Alle vier Betreuer kamen zum Tresen vor und machten ihrem Unmut ordentlich Luft, und ich holte Susanne dazu. Vegetarisch schön und gut, meinte sie, aber das müsse man den Gästen dann auch bitteschön klar vorab kommunizieren. Hier aber würde man vor vollendete Tatsachen gestellt, ohne jegliche Alternative.

„Herrgott nochmal, es kann doch wohl nicht wahr sein", stöhnte der eine entnervt, „da hat man Vollpension gebucht, und die Kinder rennen nach dem Mittag geschlossen in die nächste Fast-Food-Bude und geben da ihr ganzes Taschengeld aus! Was meinen Sie, wie die Eltern das finden?"

Das würde ein Nachspiel haben, kündigten sie an. Sie wollten sich bei Jens beschweren, auch schriftlich.

Essam machte zwar schnell noch den Topf mit der vom Mittwoch übrig gebliebenen Bolognese-Soße warm, den ich auf seine Bitte hin schon kurz vorher aus dem Keller hochgeholt hatte, und die nachträgliche Ausgabe dieser paar Schüsseln entschärfte die Situation dann am Ende wohl noch ein klitzekleines bisschen. Aber das meiste von dem Essen landete heute trotzdem direkt im Abfallbehälter, und Susanne zeterte anschließend mal wieder drauflos und schimpfte vor allem mit Essam, wegen der Bolognese und überhaupt.

„Bring weg das Fraß", sagte er zu mir bloß hinterher, allerdings ohne sein fröhliches Grinsen wie sonst, als ich mit Mühe den schweren Müllsack anzuheben versuchte.

„Nee, ich hole mir lieber erst das Rollbrett und stell die Tonne rauf, sonst reißt mir noch die Tüte kaputt", erwiderte ich.

Aus dem kleinen Kofferradio am Fenster, das schon die ganze Zeit über leise im Hintergrund dudelte, war da gerade ‚Let it be' von den Beatles zu vernehmen, und ich ging die paar Schritte rüber und drehte laut auf.

Hier, das ist für dich, Susanne, dachte ich in dem Moment grimmig.

Hör genau zu, und nimm es dir zu Herzen.

Nach der Frühschicht schlenderte ich noch kurz zur Rezeption rüber.

Klaas hatte mal wieder Dienst.

„Na ich soll dich ja heute Abend ablösen", plauderte ich ganz entspannt einfach ein bisschen drauflos, „sonst wirst du arme Socke hier noch festgebunden, und die lassen dich gar nicht mehr nach Hause."

Aber Klaas stieg gar nicht erst darauf ein, er war mit einem Stapel Karteikarten beschäftigt und winkte bloß zerstreut ab.

Mittlerweile hatte ich mich mit der kommenden Nachtschicht längst abgefunden. Schließlich war das ja nun wirklich kein Drama, eigentlich kaum der Rede wert. Ich würde mich am Nachmittag eben noch vorab ein bisschen hinlegen, und gut. Außerdem, wer weiß, dachte ich, wenn ich Glück hatte, konnte ich dadurch vielleicht sogar zu später Stunde irgendwie mit der schönen Maria ins Gespräch kommen. Wäre doch möglich, oder?

Doch Klaas machte alle meine Hoffnung darauf zunichte, ohne dass ich sie überhaupt ausgesprochen hatte.

„Ach übrigens, dein Anden-Engel hat heute abgemustert", teilte er mir ganz lapidar mit, „ausgecheckt und weg, die kolumbianische Kokainfee. Adiós, amigo!"

Ich stand da wie vom Donner gerührt.

„Naja, süß war die schon", schob er noch nach, den nächsten Stapel Karteikarten sortierend und dabei halblaut vor sich hin murmelnd.

Doch seine folgenden Sätze rauschten einfach allesamt an mir vorbei und erreichten mich nicht mehr.

Etwa eine Viertelstunde später stand ich in einer Telefonzelle und rief Maria an. Das heißt, ich versuchte es zumindest. Was ich mir dabei dachte? Nichts, wirklich gar nichts. Wenn man verliebt ist, dann befindet man sich ja wieder im Status der Unschuld, im Zustand der Gnade, na oder eben im Stadium der Unzurechnungsfähigkeit. Normalerweise war ich ja sehr schüchtern, aber jetzt wohl doch eher wie ferngesteuert. Andererseits, was hatte ich denn zu verlieren? Aber der Reihe nach.

Klaas' Hiobsbotschaft, dass Maria heute abgereist war, hatte mich wahrlich hart getroffen. Ich fühlte mich niedergeschlagen und wollte eigentlich nur noch weg und nach Hause. Doch wie das Leben so spielt, traf ich draußen vor dem Eingang zufällig eins der Mädchen, die ich manchmal in Marias Nähe gesehen hatte. Südamerikaner schienen ja sehr sozial zu sein, zumindest meinen Beobachtungen in der Herberge nach, sie fanden sich eigentlich immer schnell zu Gruppen zusammen und saßen dann gemeinsam im Foyer und unterhielten sich angeregt und lachten. Also sprach ich Marias Gefährtin an, auch wenn ich mir kaum Hoffnungen machte, dass sie tatsächlich wüsste, wo ihre kolumbianische Bekannte abgeblieben sein könnte. Aber ich wollte einfach nichts unversucht lassen, und zum Glück kannte sie mich ja vom Sehen und verstand auch Englisch - und konnte mir wunderbarerweise wirklich weiterhelfen!

Ja, Maria wäre noch in Berlin und wohnte angeblich bei Freunden, erfuhr ich nämlich staunend von ihr, sie würde dort wohl im Haushalt helfen oder als Babysitter, jedenfalls sowas in der Art, und freimütig gab sie mir dann sogar eine Telefonnummer. ‚Muchísimas gracias!', hatte ich mich bloß stammelnd bei ihr bedankt und war danach schnurstracks zur nächsten Telefonzelle gelaufen.

Tja, und nun stand ich also hier, mit dem Hörer am Ohr, und wartete darauf, dass am anderen Ende jemand abhob.

Das Freizeichen ertönte, ich lauschte gespannt, dann knackte es, und eine männliche Stimme brummte fragend: "Diga?"

Glücklicherweise sprach mein unbekannter Gesprächspartner auch einigermaßen Deutsch, so dass ich mich relativ leicht verständlich machen konnte. Ich hörte, wie er schließlich ziemlich laut ‚Maria!' rief, vielleicht in ein anderes Stockwerk oder über einen langen Flur, es dauerte jedenfalls eine ganze Weile, bis sie kam und endlich der Hörer an sie übergeben wurde.

‚Hola‘, ertönte es plötzlich samtweich direkt an meinem Ohr, und ich spürte augenblicklich, dass sie es war. Maria! Ich hatte sie am Telefon!

Bloß was sollte ich ihr nun eigentlich sagen, noch dazu auf Spanisch?

Immerhin wusste sie sofort wer dran war, als ich mich mit ‚Ecki, el chico de la cocina‘ vorstellte, der Junge aus der Küche. Darüber hinaus wäre allerdings wohl kaum ein vernünftiger Dialog zustande gekommen, weil sich mein Beitrag dazu sicherlich bloß auf ein eher unverständliches Gestotter aus wenigen Worten beschränkt hätte. Doch ihr Gastgeber oder Bekannter, oder wer auch immer er sein mochte, übernahm dankenswerterweise die Rolle eines Übersetzers. Ich bat schlicht um ein Treffen mit Maria, und da sie einverstanden war (ich hörte, wie sie im Hintergrund ‚sí‘ sagte!), wobei ihrerseits allerdings nur der Samstagnachmittag, also morgen, infrage käme, was wiederum auch bei mir passte, mussten wir eigentlich bloß noch einen geeigneten Ort für unser Wiedersehen vereinbaren. Ihre jetzige Unterkunft lag zwar nicht gerade in meiner Nähe, aber wenigstens wohnten wir beide dicht an der gleichen U-Bahn-Linie, wie wir schnell herausfanden, nur sechs oder sieben Stationen voneinander entfernt. Ich überlegte kurz und schlug als Treffpunkt schließlich die Kirche bei mir um die Ecke vor, da diese mit ihrem markanten Turm praktisch von überall her sichtbar und einfach nicht zu verfehlen war, egal aus welchem Ausgang des U-Bahnhofs man auch käme, worauf ich als Antwort nur ein knappes ‚vale!‘ erhielt, einverstanden.

Morgen also, genau dort, am Nachmittag um vier. Hasta mañana, sí!

Ach ja, und danke fürs Übersetzen!

Langsam hängte ich dann den Hörer wieder in die Gabel an der Seite des Apparates ein, und ich konnte es kaum fassen, was sich in der letzten halben Stunde alles abgespielt hatte.

Aber ob sie morgen auch wirklich kommen würde?

Zur Nachtschicht fuhr ich mit dem Bus, weil es zu nieseln anfing.

„Die sechs Leute hier musst du nachher noch einchecken", erklärte mir Klaas bei der Übergabe und deutete auf den Aktenschrank hinter sich, auf dem ein paar bekritzelte Zettel mit den dazu gehörigen Zimmerschlüsseln bereit lagen. „Die vier Belgier haben vorhin extra nochmal angerufen wegen ihrer Reservierung, vor elf sind sie aber keinesfalls hier. Die kommen in die 308, das neue Fünferzimmer, ging nicht anders, das letzte Bett hab ich gesperrt. Ansonsten ist nix mehr frei, alles knackevoll, Anrufbeantworter läuft schon."

Er gab mir eine kurze Einweisung und zeigte mir auf dem Belegungsplan, wo welche Gruppenleiter untergebracht waren, nur für den Fall der Fälle.

„Bollocks, verdammte Kacke, mich hat die ganze Bande jetzt genug genervt", murmelte er dann noch und drückte mir den Schlüsselbund in die Hand.

„Alles klar", nickte ich, und Klaas zog seine Lederjacke an, wünschte mir viel Spaß und machte sich aus dem Staub.

Jetzt war ich der Chef hier und musste ganz allein für Ruhe und Ordnung im Haus sorgen.

Ich schloss das Schiebefenster der Rezeption und platzierte die große Spielzeug-Holzuhr, deren Zeiger ich auf zwanzig nach zehn gestellt hatte, direkt hinter die Scheibe, so dass das Zifferblatt von außen gut sichtbar war.

Nun hatte ich eine Viertelstunde, um mir erst mal einen kleinen Überblick zu verschaffen, was im Hause so los war.

Zunächst ging ich im Hauptgebäude ins Treppenhaus und lauschte kurz unten, es schien aber alles friedlich zu sein. Dann stapfte ich die Treppe zum Anbau hoch, denn dort waren heute die meisten der Gruppen mit größeren Jungs untergebracht, und die sorgten erfahrungsgemäß öfter mal für ein bisschen Trubel. Wobei auf die Lehrer und Aufpasser eben auch nicht immer Verlass war. Im vierten Stock traf ich am Lift zwar auf ein paar gackernde Teenager, die über den Flur kasperten, und weiter hinten schlurften gerade noch zwei Busfahrer in den Waschraum, die ich vom Sehen bereits kannte, aber ansonsten war alles ruhig.

Maria kam mir wieder in den Sinn, als ich an der Tür von Zimmer 409 vorbeiging. In einem dieser Betten hatte sie neulich erst geschlafen, dachte ich. Wo mochte sie in diesem Augenblick wohl sein? Würde ich sie morgen Nachmittag wirklich wiedersehen? Ich konnte es nur hoffen.

Auf dem Rückweg bemerkte ich zwei Japanerinnen im Foyer, die gemütlich an einem der Tische saßen, irgendetwas knabberten und sich dazu jeweils gutgelaunt ein Bier genehmigten. Als ich sie mit meinem freundlichsten Lächeln darauf hinwies, dass Alkohol in der Jugendherberge eigentlich nicht erlaubt wäre, fielen sie aus allen Wolken und entschuldigten sich unzählige Male. Sie hätten nämlich in ihrem Reiseführer gelesen, dass man in Deutschland typischerweise zum Abendbrot Bier trinken würde, und nur deswegen wären sie überhaupt erst auf diese Idee gekommen! Ich bat sie inständig, dieses eine typisch deutsche Bier in Ruhe zu Ende zu genießen, es aber dabei zu belassen, und sie nickten erleichtert, jedoch noch immer mit großen, ganz erschrockenen Augen.

Hinterher setzte ich mich wieder in die Rezeptionsbude, nahm die große Holzuhr weg und öffnete das Schiebefenster. Zwei Österreicher baten mich um Wechselgeld für die Automaten. Danach kam ein Asiate und fragte nach dem Weg zum Flughafen morgen früh. Ich gab ihm ein Faltblatt mit dem Plan vom öffentlichen Nahverkehr und markierte die beste Strecke. Auch Jens ließ sich noch einmal kurz blicken, schon im Jogginganzug, nur um sich zu überzeugen, ob auch alles in Ordnung wäre. Er wünschte mir eine gute Nacht und verschwand wieder in Richtung seiner Wohnung, die ganz hinten separat am anderen Ende des Hauses lag.

Einige Zeit später erschien ein Gruppenleiter und eröffnete mir, dass in der zweiten Etage eins der Betten zusammengebrochen wäre, er bräuchte Hilfe. Ich griff mir schnell die kleine Werkzeugkiste, und zusammen begaben wir uns in das betreffende Zimmer, wo ein paar ungefähr zwölfjährige Jungs wohl etwas zu viel Remmidemmi veranstaltet hatten. Aber es war halb so schlimm, der Lattenrost lag bloß auf dem Boden und eine der Halterungen an der Seite war abgerissen. Mit einer etwas größeren Schraube, die ich in die ursprüngliche Bohrung drehte, kriegte ich die Holzleiste wieder einigermaßen befestigt.

„Das hält bis morgen, und dann wird sich der Hausmeister darum kümmern", versprach ich und lief zurück nach unten.

Inzwischen warteten dort bereits die angekündigten, später anreisenden Gäste. Zum Glück sprachen alle gut Englisch. Ich ließ sie die Anmeldekarten ausfüllen, klemmte hinterher Jugendherbergsausweise und Geldscheine mit großen Büroklammern sorgfältig daran fest und schloss alles in der obersten Schublade des Rollcontainers ein.

„Das Wechselgeld gibt morgen die Frühschicht raus", erklärte ich, „zusammen mit den Kassenbons, die werden für die Küche als Frühstücksticket gebraucht. Jetzt hab ich hier ja nur 'n paar Münzen für die Automaten."

Anschließend verteilte ich die Schlüssel. Die belgische Familie kriegte das Fünferzimmer für sich allein, und die zwei Einzelgäste, ein Holländer und ein Japaner, je ein Bett im gleichen Sechserzimmer. Ich beschrieb ihnen den Weg dahin und wies auf den Behälter unter der Treppe, aus dem sie sich die Bettwäsche nehmen sollten, und zum Schluss wünschte ich allen einen angenehmen Aufenthalt.

„Sind keine Handtücher dabei?", erkundigte sich der Holländer maulig, der auch mit seinem Platz im Sechserzimmer nicht besonders glücklich zu sein schien.

„Nein", gab ich ihm neutral zur Antwort und schüttelte bedauernd den Kopf, „nur Bettzeug."

Ich wusste zwar, dass hinten in der Wäschekammer immer ein kleiner Vorrat an schönen Frottee-Badetüchern lag, aber der stammte ausschließlich aus Fundsachen, die man nach Ablauf einer gewissen Frist einfach mit in die Wäscherei gegeben hatte, um sie dann später bei Bedarf an Gäste ausleihen zu können. Ausnahmsweise, als Extraservice, und gratis noch dazu. Bloß in diesen Genuss kam eben nicht jeder, und schon gar nicht, wenn man übellaunig oder unhöflich auftrat. Denn warum sollte man jemand dafür noch belohnen?

Um Viertel vor zwölf begann ich den nächsten Rundgang. Diesmal nahm ich die große Stabtaschenlampe mit, und auch die Reizgas-Spraydose aus dem Schrank, die zur Ausrüstung für die Nachtschicht gehörte.

Nach vorne raus konnte man durch die große Fensterfront in der Halle eigentlich immer ganz gut erkennen, was sich dort auf der Straßenseite so alles abspielte, aber auf dem Hof hinter dem Gebäude gab es durchaus etliche dunkle Stellen. Deshalb ging ich jetzt zuerst nach draußen auf den Parkplatz, um dort nach dem Rechten zu sehen und vor allem um auch die Ecke hinter dem Müllcontainer einmal richtig auszuleuchten, wo zuweilen Obdachlose Unterschlupf suchten. Da es jetzt wieder etwas stärker nieselte, beeilte ich mich damit und machte zum Schluss bloß noch schnell den Schlagbaum an der Einfahrt mit dem dicken Vorhängeschloss fest, so dass der Parkplatz jetzt bis früh um sechs dicht war.

Für einen Moment stellte ich mich dann unter das Sonnensegel auf der Liegewiese und ließ meinen Blick an der Fassade des breiten vierstöckigen Haupthauses und des damit verbundenen sechsstöckigen Anbaus nach oben schweifen. Die meisten Fenster hier auf der Rückseite waren bereits dunkel, nur in der zweiten Etage des Nebengebäudes brannte jetzt noch Licht, und von dort war aus einem offenen Fenster auch Stimmengewirr zu vernehmen.

Also begab ich mich wieder nach drinnen und fand alsbald heraus, dass es sich dabei um ein paar angetrunkene Skandinavier Anfang Zwanzig handelte, die zwar etwas Lärm machten, sich aber auch schnell beruhigten, als ich sie ansprach. Sie wollten sich bloß noch die Zähne putzen und dann ebenfalls ins Bett gehen, versicherten sie mir. Der Rest schlief anscheinend bereits. Also ließ ich sie in Ruhe und kehrte zur Rezeption zurück.

Um Mitternacht verschloss ich die Eingangstür, ab jetzt war nur noch jede Viertelstunde Einlass für Nachzügler, bis um zwei Uhr, wie das Schild neben der Pforte unübersehbar in großen Lettern auf Deutsch und Englisch verkündete.

Mittlerweile saßen lediglich noch fünf oder sechs Gäste im Foyer, und auch die erhoben sich schließlich und gingen nach oben auf ihre Zimmer. Es wurde still ringsum, nur das gleichmäßige Brummen der Kühlung des Getränkeautomaten war zu vernehmen. Ich schaltete die Deckenlampen in der Eingangshalle aus, so dass jetzt außer der Notbeleuchtung bloß ein paar funzelige, auf orange-gelb runtergedimmte Wandleuchten ihr heimeliges Licht verströmten.

Die eigentliche Nachtschicht begann.

Um Viertel nach zwölf öffnete ich die Haustür für die bereits draußen wartenden Gäste, ließ mir allerdings von jedem einzelnen der Reihe nach den Zimmerschlüssel mit unserem typischen Nummernanhänger zeigen.

Da wurde keine Ausnahme gemacht, selbst wenn der eine oder andere dafür erst ein bisschen in seinen Taschen wühlen musste. Es war nämlich in der Vergangenheit durchaus immer mal wieder vorgekommen, dass irgendwelche hausfremden Gestalten versucht hatten, sich in dem nächtlichen Gewühl mit einzuschleichen. Wenn es dunkel wurde, gab es hier in der Umgebung jedenfalls mehr als genug Fixer, Besoffene und obskure Existenzen, die innerhalb der Jugendherberge ganz sicher nichts zu suchen hatten.

Anschließend machte ich nochmal einen Kontrollgang nach hinten in das Nebengebäude, aber von den Skandinaviern war nichts mehr zu hören. Auf dem Rückweg lief ich diesmal die Treppe im Anbau bis ganz nach unten ins Kellergeschoss hinab, um dort die Wirtschaftsräume zu überprüfen.

Unter der Treppenschräge, in der hintersten Ecke, lag ein Schlafsack mit Inhalt, kein Irrtum möglich.

Ich konnte zunächst aber kaum mehr als ein paar Haarbüschel erkennen.

„Na was haben wir denn hier für einen Überraschungsgast?", rief ich laut, aber niemand antwortete.

Stattdessen lugte ein verschrecktes Mädchengesicht hervor, dem das schlechte Gewissen anzusehen war.

„Do you speak English?", versuchte ich es noch einmal anders.

„Yes", erhielt ich leise zur Antwort, und die ertappte Sünderin setzte sich auf und strich sich verlegen die Locken zur Seite. Nanu, dachte ich zunächst skeptisch, ein Mädchen allein? Wirklich? Wo ist der Freund dazu? Misstrauisch sah ich mich um, guckte gründlich hinter den Kartonstapel in der Ecke und prüfte, ob die Kellertüren alle verschlossen waren, aber es schien tatsächlich niemand bei ihr zu sein. Ich erklärte ihr, dass sie hier nicht bleiben dürfte und das Haus verlassen müsste, und sie kroch wortlos aus dem Schlafsack und rollte ihn schweigend zusammen. Dann nahm sie ihre Rückentrage und folgte mir, und auch als wir rüber ins Hauptgebäude gingen, sprachen wir so gut wie kein Wort. Sie kam mir vage bekannt vor, möglicherweise hatte sie hier in den letzten Tagen schon regulär übernachtet. Aber ich wollte gar nicht erst ein Gespräch beginnen. Nach Junkie sah sie mir immerhin nicht aus, zumindest waren an ihren Unterarmen und Händen keine Einstiche oder schorfige Stellen zu erkennen.

Schon als wir die Treppe ins Foyer herabkamen, hörte man draußen leise den Regen plätschern, der wohl inzwischen stärker geworden war, und unter dem Vordach der Pforte drängten sich bereits ein paar auf Einlass wartende Gäste.

„Bleib mal bitte kurz hier", sagte ich und deutete auf eine der Sitzecken, ging dann zur Eingangstür und ließ erst mal die Traube der durchgeweichten Nachtschwärmer rein, die mit nassen Schuhen durch die Halle patschten. Anschließend kehrte ich wieder zu meinem Sorgenkind zurück, setzte mich ihr gegenüber an den Tisch und sah sie an. Nicht unhübsch, dachte ich, aber wohl irgendwie neben der Spur. Sie wirkte ziemlich niedergeschlagen und hatte etwas sehr Fragiles, Verletzliches im Blick. Jedenfalls nichts Freches oder Trotziges.

Ich überlegte. Im Vorzimmer vielleicht? Das war nur der Raum für die Gruppeneinweisung, für die Schlüsselausgabe an die Leiter. Hinten die Tür zum eigentlichen Büro war nachts abgeschlossen. Da drin gab es also nichts zu klauen und auch keine Akten, nur eine große Couch mit drei Sesseln sowie etliche Stühle und einen Tisch. Eigentlich konnte man da nichts weiter anstellen, und falls man da rein oder raus wollte, musste man direkt an der Rezeption vorbei, das würde ich garantiert sehen. Na pfeif drauf, wischte ich meine Restbedenken beiseite, sie wird schon kein Feuer legen und hinterher aus dem Fenster türmen.

„Pass auf, ich mach dir einen Vorschlag", eröffnete ich ihr, „ich schick dich jetzt nicht nach draußen in das Sauwetter, meinetwegen kannst du hier auf dem Sofa im Nebenraum schlafen. Aber das darf keiner mitkriegen, deshalb muss ich dich so ungefähr um sechs rum wecken, und dann musst du ohne Theater weg. Ich will keinen Ärger, okay?"

„Versprochen", antwortete sie schlicht, und ich nickte und wir standen auf.

Sie folgte mir die paar Meter bis zu der Tür hinter der Rezeption, und während sie anschließend im Zimmer ihren Schlafsack wieder auspackte, brachte ich ihr aus der Wäschekammer ein Kissen und einen passenden Bezug.

„Brauchst du sonst noch was?", fragte ich, aber sie schüttelte den Kopf.

„Na dann Gute Nacht", wünschte ich. „Licht machst du selber aus, wenn du fertig bist, hm?"

„Danke", erwiderte sie, diesmal auf Deutsch, und ich zog die Tür hinter mir zu und ließ mich auf dem bequemen Bürostuhl in der Rezeption nieder, wo nun nur noch die schummrige Schreibtischlampe in der Ecke brannte. Die Geisterstunde, alles ringsum war jetzt still. Fast vierhundert Leute im Haus, dachte ich, und man fühlt sich, als wäre man allein auf der Welt. Erinnerungen an meine Armeezeit im Osten kamen hoch. Verregnete Nachtschichten an der Grenze damals, das ewige Starren hoch vom Turm oben in die Lichtertrassen der Sperranlagen. Eis und Schnee, kläffende Hunde. Aber das lag schon so weit hinter mir, und es war eigentlich auch überhaupt nicht mit der Nacht hier in der Jugendherberge zu vergleichen.

Etwas später raffte ich mich zu einem weiteren kleinen Rundgang auf, hauptsächlich um mir die Beine zu vertreten und nicht einzuschlafen, und nebenbei ließ ich wieder ein paar Nachzügler rein.

Die Zeit verging nur langsam.

Um zwei erschien dann zum Schluss nochmal ein ganzer Schwung müder Gestalten, und etwas später natürlich nochmal welche. Die allerletzten Clubgänger, die mit dem Lumpensammler-Nachtbus vor die Tür gekarrt wurden.

„Psst", mahnte ich sie zur Ruhe, als sie auf ihre Zimmer schwankten.

Danach hörte ich leise im Radio das Nachtprogramm. Zuerst Ausschnitte vom Springsteen-Konzert in Ostberlin letztes Jahr, im Anschluss daran wurde das Album einer Newcomerin vorgestellt, später folgte eine Sendung über die rätselhaften Nazca-Geoglyphen in Peru. Wie spät war es jetzt eigentlich in Kolumbien?, sinnierte ich und merkte, wie mir die Müdigkeit allmählich in die Glieder kroch. Ich dachte an Maria, und im dämmrigen Halbschlaf malte ich mir unser baldiges Treffen aus und wie es wäre, sie in den Armen zu halten.

Gegen halb vier stand urplötzlich ein Inder in der Halle, in einem viel zu großen T-Shirt, einer Art Nachthemd oder Kaftan bis fast zu den Knöcheln, und schwebte lautlos wie ein Gespenst zum Cola-Automaten hinüber, es fehlte nur noch die Nachtmütze. Anscheinend machte ihm der Jetlag zu schaffen, so wie mir der Sekundenschlaf.

Etwa um Viertel vor sechs schloss ich für Julia den Eingang auf, die jedoch bloß ziemlich verdrossen grüßte und ihren Regenschirm ausschüttelte, und gleich nach ihr kam dann Halina, mit den Kopfhörern ihres Walkmans in der

Wuschelmähne und ‚mmhh, mmhh, for the very first tiiiiime' einen der aktuellen Hits vor sich hin summend. Die beiden waren heute in der Küche zusammen für die erste Stunde eingeteilt. Ich dachte daran, wie vor ungefähr vier Wochen die Nachtschicht früh am Morgen selig in der Rezeptionsbutze gepennt hatte und ich erst mal zehn Minuten lang draußen gegen Tür und Fenster wummern musste, bis seine Lordschaft Helge endlich geruhten, mir Einlass zu meinem Arbeitsplatz zu gewähren. Wo ich mich dann, mit einer Stinkwut im Bauch, obendrein noch extra zu beeilen hatte, um die verlorene Zeit aufzuholen, und das nicht zum ersten Mal. Jedenfalls durfte sowas bestimmt nicht mehr allzu oft passieren, ohne dass es richtig Stunk gab.

So viel bloß zu diesem Thema.

Als Nächstes schloss ich draußen die Schranke auf, damit der Bäcker auf den Hof konnte, und dann holte ich mir einen frischen Kaffee aus der Küche und weckte schließlich das Mädchen auf der Couch, indem ich die Tür zum Nebenraum öffnete und mein Radio etwas mehr aufdrehte.

„Good morning!", rief ich demonstrativ in ihre Richtung und gab ihr zwei Minuten, damit sie erst einmal zu sich kam. Anschließend erinnerte ich sie daran, dass sie jetzt bitte möglichst schnell das Zimmer räumen müsste, sich aber bei Bedarf ruhig noch vorn im Foyer für eine Weile niederlassen könnte, um ihren ganzen Kram zu sortieren. Denn dort fiele das nicht weiter auf, weil da ja eigentlich immer jemand hockte und auf irgendwen wartete.

„Du kannst auch deinen Rucksack hinten in eins der Schließfächer legen und dann oben auf der Etage duschen gehen", bot ich an und legte ihr ein flauschiges Handtuch aus unserem Wäschekammer-Fundus auf den Tisch.

„Danke", erwiderte sie und sah mich aus verschlafenen Augen an.

„And by the way, I am Hazel."

Hazel stand auf und brachte ihr Zeug zu den Gepäckfächern, und ich holte ihr derweil einen Kaffee und eine Banane aus der Küche. Hinterher setzten wir uns im Foyer für ein paar Minuten an einen Tisch und unterhielten uns. Sie taute nun etwas auf und erzählte mir, dass sie schon die vorigen zwei Nächte mit ihrem Freund in der Jugendherberge gewesen wäre, sie sich dann aber gestritten und getrennt hätten, weshalb sie nun praktisch ohne deutsches Geld dastünde.

Allerdings würde sie sich heute mit einer Freundin treffen, die ihr Hilfe angeboten hätte.

„Wo kommst du her?", erkundigte ich mich.

„Aus Seattle", erwiderte sie, doch wäre sie eigentlich weiter südlich aufgewachsen, in den Bergen um Big Sur, bei den herrlichen Steilküsten und Stränden von Carmel (womit ich leider nur wenig anzufangen wusste), und plötzlich wurde sie richtig gesprächig und begann zu schwärmen von dieser Zeit, als sie ihre Familie offenbar noch als stabil und intakt empfunden hatte. Vom liebevollen Umgang miteinander und dem angeblich entspannten, sorgenfreien Leben in einem großen Haus mit vielen interessanten Leuten, die ab und an mal zusammen gekifft hätten und ansonsten einfach alle bloß gut drauf gewesen wären.

„Aber das gibt es nicht mehr, nirgendwo", bedauerte sie mit resigniertem Kopfschütteln, und da sah ich es wieder, das Verletzliche in ihrem Blick, ihre Verlorenheit und Traurigkeit. „Mit den Drogen kommt heute bloß noch Gewalt. So viel Gewalt, überall." Violence, so much violence.

Sie würde sich danach sehnen, allen Menschen oder wenigstens all ihren Freunden wieder wie früher vertrauen zu können, erklärte sie mit hängenden Schultern, doch die Unschuld wäre längst weg.

„Na sieh erst mal zu, dass du deine dringendsten Angelegenheiten für die nächsten paar Tage geordnet kriegst, der Rest wird dann bestimmt ganz automatisch besser", versuchte ich ihr etwas Mut zuzusprechen, und unsere Blicke trafen sich dabei zum ersten Mal etwas länger.

Danach ging sie hoch zu den Duschen, und ich setzte mich wieder in die Rezeption.

Der Regen hatte inzwischen aufgehört, bemerkte ich erst jetzt, sogar einige Sonnenstrahlen tasteten sich schon zaghaft durch die Fenster. Wurde aber auch Zeit, freute ich mich.

„God bless you", verabschiedete sich Hazel zwanzig Minuten später von mir, nachdem sie sich ein weiteres Mal bedankt hatte, und ich drückte ihr noch ein Lunchpaket in die Hand, das ich aus dem Kühlschrank in der Küche geholt hatte. Zum Glück lagen da ja immer einige fertig gepackte Beutel für Gäste, die schon vor dem Frühstück abreisen mussten.

Kurz darauf traf meine Ablösung Melanie ein, pünktlich und in bester Laune.

„Morgen, Ecki", begrüßte sie mich munter und erkundigte sich nach den Vorkommnissen der letzten Nacht, und ich berichtete ihr von den besoffenen Skandinaviern im Anbau und dem zusammengekrachten Bett.

Mittlerweile wuselten schon etliche Gäste durch die Halle, und auch immer mehr Kollegen erschienen zur Arbeit. Zuerst Hausmeister Thoralf, gleich danach kam Decha, dann die ersten zwei philippinischen Etagenfrauen.

„Das wird mir langsam zu voll hier", brummte ich müde, schnappte mir meine Jacke und machte mich auf den Heimweg. Unterwegs im Bus schlief ich fast ein; vor mich hin dösend träumte ich mich weit weg und trampte mit Maria durch das sonnige Kalifornien, ihr Haar im Sommerwind, irgendwo bei Big Sur, lebte mit ihr in einer urigen Blockhütte auf einer Klippe, hoch oben über dem tosenden Ozean...

Ich schlief bis ungefähr halb drei, dann stand ich auf und duschte.

Beim nachmittäglichen Frühstück blätterte ich in meinen Spanisch-Unterlagen und schlug im Wörterbuch ein paar Vokabeln nach. Denn wenigstens zwei, drei Komplimente sollte man ja wohl parat haben.

Falls die Schöne denn überhaupt aufkreuzte...

Um fünf vor vier stand ich an der Kirche, und ich musste nicht lange warten.

Leichtfüßig kam sie daher, ja sie war es wirklich, in einer zitronengelben Bluse und ausgeblichenen lila Shorts, die ihre schlanken Beine ein gutes Stück weit sehen ließen, von ganz oben bis runter zu den flachen Riemensandalen. Die glänzenden schwarzen Haare trug sie diesmal zu einem Zopf geflochten, der sich hinter ihrem Kopf aber mehr nach rechts drehte und dann neckisch nach vorn auf ihre Brust fiel.

„Hola", grüßte sie lächelnd, und schon hatte sie mich wieder verzaubert. Sie war so unglaublich anmutig, zart und farbenfroh wie ein tropischer Schmetterling. Aber ich konnte gar keinen klaren Gedanken fassen, in meinem Kopf schwirrte bloß alles durcheinander.

Eine Umarmung traute ich mich nicht, also gab ich ihr die Hand.

„Hace calor, es ist heiß", sagte ich, und sie nickte und fächelte sich mit der Hand etwas Luft zu.

„Saft oder Eis?", konnte ich sie auch noch auf Spanisch fragen, soweit reichte mein Vokabular immerhin, und ich deutete mit der Hand in die Richtung der kleinen Verkaufsstände an der Hauptstraße.

Wir liefen das kleine Stück bis dahin, und an Ort und Stelle entschied sie sich für einen frisch gepressten Saft.

Während wir auf unsere Becher warteten, zeigte sie auf mein Batik-T-Shirt, sie mochte es offenbar.

Ich hätte es selbst so eingefärbt, erst letzten Monat, versuchte ich ihr zu erklären, aber ich war mir nicht sicher, ob sie mein Kauderwelsch auch verstand.

„Schmeckt dir der Saft?", erkundigte ich mich daher lieber etwas später, als wir beide bereits probiert hatten.

„Muy bien, tropical", erwiderte sie, und dass es fast wie bei ihr zu Hause wäre, und allmählich wich die Nervosität von mir. Sie hatte sehr schöne Zähne, bemerkte ich wieder einmal, auch ihre dunklen Augenbrauen gefielen mir. Ihre Wimpern, ihre Lippen, ihre makellose gebräunte Haut, alles. Und wie klein und schmal sie war!

Wir ließen uns auf der kniehohen Begrenzungsmauer in der Nähe der Kirche nieder, tranken unseren Saft und sahen den Tauben und Passanten zu. Zur Sicherheit hatte ich zwar das Wörterbuch mitgenommen, aber das brauchten wir eigentlich gar nicht.

Ich würde ihr gern meine ganz in der Nähe liegende Wohnung zeigen, schlug ich nach einer Weile vor, und da sie zustimmte, setzten wir uns auch gleich in Bewegung und schlenderten los.

„Kein Treppensteigen, es ist unten im Erdgeschoss", informierte ich sie im Hausflur radebrechend, und dann ahmte ich meine offizielle Herbergsgästeeinweisung von neulich nach: „Gehen Sie dort nach rechts in den Anbau bitte, weiter durch den langen Korridor, vorher noch die Bettwäsche nehmen, und am Ende finden Sie ihr Zimmer!"

Mit diesen Worten schloss ich die Tür meiner Wohnung auf und bat sie herein.

Zuerst lotste ich sie in die Küche, holte dabei eine Flasche Mineralwasser aus dem Kühlschrank und goss uns zwei Gläser ein, anschließend begaben wir uns nach nebenan in den Salon.

Maria sah sich um, das Hochbett schien ihr zu gefallen, doch als sie die große

Weltkarte an der Wand entdeckte, ging sie gleich darauf zu und fuhr suchend mit dem ausgestreckten Zeigefinger über Kolumbien. Aber ihren kleinen Heimatort konnte sie dort leider nicht eingezeichnet finden, was bei dem großen Maßstab freilich auch kein Wunder war.

Ich wies auf die beiden deutschen Staaten und bemühte mich ihr zu verdeutlichen, dass ich erst letztes Jahr von Ost nach West übergesiedelt wäre, und es schien sie auch durchaus zu interessieren, aber bedauerlicherweise reichten meine Sprachkenntnisse für solch ein Gespräch nun wirklich nicht aus.

„Es demasiado complicado", winkte ich daher ab, ja das war wohl einfach zu kompliziert.

Stattdessen wollte ich etwas mehr über ihren Alltag wissen und erfuhr zu meinem Erstaunen, dass sie schon eine ganze Weile in Paris wohnte, wo sie allerdings ziemliche Probleme mit der Sprache hätte.

„Aber warum denn nicht in Spanien?", wunderte ich mich, denn zumindest sprachlich müsste das für sie doch wohl die erste Anlaufstelle in Europa sein.

Ja natürlich, nickte sie, und sie hätte dort auch anfangs sogar eine Zeitlang gelebt, obwohl es mit Arbeit und Geld eben generell schwierig wäre, und außerdem hinge das anscheinend irgendwie von Verwandten oder Freunden ab, von Mutter und Vater, die Gründe dafür verstand ich jedoch nicht.

„Ah, es demasiado complicado", lächelte sie, das war ja nicht weiter schlimm, und ich lächelte bloß stumm zurück.

Plötzlich sprang draußen der Kater aus der Nachbarschaft auf mein Fensterbrett und begann zu miauen, und ich öffnete das Fenster und ließ ihn herein. Als ich ihn zu streicheln versuchte, hüpfte Old Mikesch gleich auf meinen Sessel und dann auf den Teppich herunter, stolzierte danach langsam auf Maria zu, strich ihr einmal um die schönen braunen Waden und wanderte weiter bis zur Wohnungstür, vor der er schließlich stehenblieb und mich auffordernd ansah. Denn ich war für ihn meistens nur Durchgangsstation, er wollte dort direkt wieder raus in den Treppenflur und ab auf den Hof.

„Ist das deiner?", fragte Maria.

„Nein, ich bin bloß sein Diener", antwortete ich, aber weil ich das richtige Wort dafür nicht kannte, sagte ich ‚camarero', also Kellner, was ihr augenblicklich ein Extralächeln entlockte. Der Kater ließ sich zwar noch einmal kurz von ihr streicheln, doch kaum war die Tür ein Spalt weit auf, schlüpfte er geschmeidig nach draußen und verließ uns.

Flüchtig warf sie einen Blick auf meine bescheidene Musiksammlung, von den wenigen CD's kannte sie wohl nur Santana. Ich legte irgendeine Kassette ein und ließ sie leise im Hintergrund laufen. ‚Wild Horses' von den Stones erklang, Foreigner und Fleetwood Mac würden folgen. Aber ich hatte jetzt keine Nerven dafür, ich wollte mich auf Maria konzentrieren.

Schon morgen am Nachmittag oder übermorgen früh würde sie zurückfahren nach Paris, soviel begriff ich zumindest von dem, was sie mir mitzuteilen versuchte. Es hinge wohl irgendwie vom Auto ab, vom Fahrer. Eigentlich hätte sie eventuell ein bisschen länger in Berlin bleiben wollen, aber dann doch ihre Pläne geändert, weil es mit dem Job als Babysitter bei Bekannten anscheinend nicht so klappte wie gedacht. Oder so ähnlich. Denn vieles von dem, was sie sagte, verstand ich leider nicht. Außer natürlich, dass sie sehr bald wieder sehr weit fort sein würde.

Um ihr die Sache mit meinem selbstgefärbten Batik-T-Shirt nochmal genauer zu erklären, kramte ich eine Zeitschrift aus dem Stapel im Regal hervor, denn da gab es ein paar Bilder dazu. Mit Händen und Füßen und mithilfe der Fotos verdeutlichte ich, dass man den Stoff vor dem Eintauchen in die Farben auch bloß abzubinden brauchte, wenn man nicht die aufwändige Wachsmethode benutzen wollte, und wie sich durch mehrfaches Eintauchen sogar Farbabstufungen erreichen ließen. Ich zeigte ihr die insgesamt vier T-Shirts und zwei Hemden plus die eine Hose, die ich auf diese Weise bereits verschönert hatte, auch wenn das ja eigentlich viel zu viele kunterbunte Klamotten für mich allein waren. Aber da es sich nicht lohnte, nur wegen eines Stückes mit verschiedenen Farben rumzupanschen, hatte ich natürlich gleich mehr produziert, und etwas davon war auch von vornherein schon zum Verschenken gedacht.

„Du musst dir ein Teil aussuchen", bat ich sie, „auch wenn es vielleicht ein bisschen zu groß ist."

Sie schien erst leicht zu zögern, meinte aber dann, dass sie sowieso gern weite Sachen anzöge, beispielsweise zum Schlafen im Bett. Wenn ich das alles so korrekt verstand.

Jedenfalls entschied sie sich für das gelbbraun geringelte T-Shirt.

„Gracias", bedankte sie sich und fügte noch irgendwas mit ‚muy amable' hinzu, und dann schmiegte sie sich tatsächlich für einen Moment richtig an bei mir. Himmel! Endlich hielt ich sie also in meinen Armen, gerade als der langsame Song ‚Comin' Back To Me' von Jefferson Airplane lief! Aber ich wollte keinesfalls aufdringlich erscheinen, daher zog ich den Augenblick nicht übermäßig in die Länge.

Danach kramte ich noch meine Spanischsachen hervor und legte aus Spaß eine der Kassetten ein, wo ich die Dialoge der Szene an der Tankstelle mitsprach, von ‚der Motor braucht Öl' bis ‚einmal volltanken bitte', was sie ein wenig zum Lachen brachte.

Doch allmählich wurde es Zeit, denn sie deutete auf ihre Uhr und meinte, dass sie bald gehen müsste.

Also tranken wir unsere Wassergläser aus und verließen gemeinsam die Wohnung, denn natürlich bestand ich darauf, sie noch zur U-Bahn zu bringen.

Am Eingang des Bahnhofs befand sich einen Zeitungsladen, der auch allerlei Souvenirkram im Angebot hatte, und einer plötzlichen Eingebung folgend kaufte ich so einen kleinen Berliner Bär. Nichts Großartiges, nur so eine Art Schlüsselanhänger für Touristen.

„Der muss an deinen Rucksack", erklärte ich ihr, „an den Karabinerhaken, okay?"

Nur deshalb hätte ich den nämlich bei der Reparatur vor zwei Tagen überhaupt dort befestigt, behauptete ich scherzhaft. Nur für diesen Glücksbringer, für diesen Talisman, wollte ich noch ergänzen.

Bloß was mochte Talisman auf Spanisch heißen?

„Especialmente para Maskottchen, Amulett", versuchte ich es probeweise und hoffte, dass sie mich verstand.

„Un talismán?", meinte sie fragend.

„Ja, ein Talisman, so heißt das auch auf Deutsch!", bestätigte ich und schlug mir mit leicht verdutztem Gesichtsausdruck demonstrativ an die Stirn, und wir lachten beide drauflos. Ach was konnte die Welt doch manchmal einfach sein!

Plötzlich holte Maria ein schmales buntes Armband aus der Tasche und band es mir flink um das linke Handgelenk.

Niemals dürfte ich es abmachen, ermahnte sie mich, und sie guckte richtig ernst dabei. Selbst wenn es schon alt wäre (oder ich alt wäre?), oder ohne Farbe. Egal, ich müsste es so lange tragen, bis es irgendwann von selber abfiele.

Das versprach ich ihr und nahm sie ein letztes Mal in die Arme.

Jetzt hätte ich wohl eigentlich ‚vaya con Dios' sagen müssen, ging es mir dabei durch den Kopf, aber es wäre mir zu melodramatisch erschienen.

Adiós, seufzte ich stattdessen nur leise und drückte sie an mich.

Schließlich aber gab ich sie aus der Umarmung frei, drehte mich um und ging.

Knapp zwei Wochen später war die Episode mit der Ökotrophologin Susanne in der Küche endgültig ausgestanden. Man trennte sich noch in der Probezeit voneinander, natürlich ,in gegenseitigem Einvernehmen', wie es so schön hieß. Unter anderem vorausgegangen war dem eine ziemlich turbulente Besprechung zwischen Jens und der gesamten Küchenmannschaft außer Susanne, bei der noch so manches zur Sprache gekommen und ordentlich Dampf abgelassen worden war. Der Chef hatte ja bis dahin eigentlich zu ihr gehalten, zumindest nach außen hin. Doch schließlich war wohl auch ihm endgültig der Kragen geplatzt (das Folgende erfuhr ich allerdings erst Monate später), als er ihr ein paar fiktive Tagesverbrauchsbögen zu Übungszwecken mit nach Hause gegeben hatte, einfach nur um ihr eine Chance zu bieten, ihre enormen kalkulatorischen und administrativen Defizite wenigstens still und heimlich etwas aufzuarbeiten - und sie ihm dafür prompt eine stolze Überstundenforderung präsentiert hatte, nebst den schlampig ausgefüllten Rechenblättern voller Streichungen und Fehler. Das war freilich der letzte Tropfen, der das Fass zum Überlaufen brachte, damit hatte sie es sich selbst bei Jens verscherzt. Jedenfalls musste sie gehen, und wir waren sie los.

Also sollte ich vorerst nun wieder weitermachen im Büro mit dem Bestell- und Abrechnungskram und zusammen mit den anderen den Laden am Laufen halten, bis uns dann ein neuer Küchenchef hoffentlich bald entlastete und erlöste.

Benja und ich wären übrigens für eine Prämie vorgesehen, ließ Jens dann eines schönen Morgens verlauten, weil hauptsächlich wir beide die Aufgaben des regulären Küchenchefs temporär übernommen hätten, dessen Gehalt ja zwischenzeitlich eingespart worden war. Außerdem erfuhr ich, dass mein Antrag auf Bildungsurlaub zum Spanisch lernen genehmigt worden wäre, für eine Woche Ende September. Prima, freute ich mich, denn sowas musste man doch einfach mitnehmen, wenn es einem schon dermaßen leichtgemacht wurde!

Am gleichen Tag fand ich zu Hause in meinem Briefkasten einen kleinen Umschlag mit einer farbenfroh gestalteten Klappkarte. Von Maria aus Paris. Sie schrieb, dass ihr das bunte T-Shirt von mir sehr gefiele und sie es oft trüge, und dass das Bärchen an ihrem Rucksack sie immer an mich und ihre Zeit in Berlin erinnerte. Außerdem sollte ich einen Gruß an ,el gato', den Kater, ausrichten, und zum Schluss sandte sie mir einen zärtlichen Kuss, ‚*un beso con mucho cariño*‘.

Dieses hübsche Brieflein kriegte einen Ehrenplatz an der Wand über meinem Lieblingssessel in der Ecke. Dort hing auch schon die Ansichtskarte aus Schottland von den zwei Amerikanerinnen Amy und Pauline („We love Scotch Whisky and German Reibekuchen!"), die sie damals einfach an die Rezeption geschickt hatten, nur mit meinem Vornamen drauf.

Im Nachhinein wunderte ich mich noch immer ein bisschen darüber, dass Maria und ich uns überhaupt so nah gekommen waren, bei meinem leider nur verdammt schlechten Spanisch. Es war mit ihr fast wie eine Art Trance gewesen, so schwerelos. Zwar hatte sich meine fiebrige erotische Ergriffenheit inzwischen bereits wieder ein gesundes Stück weit verflüchtigt, und mir war auch klar, dass ich Maria höchstwahrscheinlich niemals wiedersehen würde. Aber trotzdem dachte ich oft dankbar und voller Wärme an die kurze Zeit mit ihr zurück. Wer weiß, ging es mir dabei manchmal durch den Kopf, vielleicht hätte es mein Herz auch gar nicht ausgehalten und wäre vor lauter Glück zersprungen, wenn ich mit ihr zusammen auf dem Hochbett gelandet wäre.

Ihr Armband an meinem Handgelenk würde mich jedenfalls noch lange an sie erinnern.

III

Es war kurz vor sechs, als ich in der Jugendherberge ankam, ich hatte mal wieder Frühschicht. Noch war alles ruhig im Bau, nur zwei zierliche Asiatinnen, die wohl gerade extra früh ausgecheckt hatten und nun zum Flughafen wollten, begegneten mir an der Tür und lächelten höflich. Ihre Rucksäcke waren fast größer als sie selbst.

Ich lief durch die schummrige, noch ungewohnt menschenleere Eingangshalle zur Rezeption, und Ricki entriegelte per Knopfdruck die Seitentür und ließ mich zu sich rein.

"Morjn!", grüßte er gähnend, langte aber sogleich in die unterste Schublade des Rollcontainers und zog eine Karteikarte mit dem daran befestigten Mitgliedsausweis raus.

"Alter, ich sag dir, in der 124, aber holla! LSK römisch I mit Sternchen, eine Laufstegkandidatin allererster Güte", schwärmte er plötzlich ganz aufgekratzt und reichte mir das unscheinbare Büchlein mit verheißungsvollem Grinsen rüber. "Wenn die hier nachher in natura bei dir aufkreuzt, dann sagst du ihr, dass alles voll ist und schickst sie gefälligst zu mir nach Hause, kapiert?"

Neugierig blätterte ich die Seite mit dem Foto auf. Eine zwanzigjährige Kanadierin. Hübsch, na klar. Magische Augen, Wuschelmähne, lächelnder Mund.

"Träum weiter", erwiderte ich bloß spöttisch auf seinen erwartungsvollen Blick hin und gab ihm den Ausweis zurück. Ich wusste, dass Ricki öfter mal nachts die Gästekartei auf der Suche nach *beauty queens* durchwühlte. Immerhin, es schien ihn zumindest wachzuhalten. Sein Vorgänger Helge dagegen hatte sich durchaus öfter mal ein süßes Schlummerstündchen gegönnt, doch er war ja inzwischen auch nicht mehr Teil unseres Teams. Angeblich hatte es letztes Jahr kurz vor Weihnachten nämlich einen merkwürdigen Überfall auf die Rezeption gegeben, nachts, in Helges Schicht. Allerdings hätte die Polizei wohl recht schnell vermutet, so war zumindest hinter vorgehaltener Hand zu hören, dass das Ganze bloß fingiert gewesen sein könnte. Jedenfalls war Helge seitdem Geschichte und hatte die Jugendherberge verlassen, und Ricki wachte nun Nacht für Nacht über das Haus und seine Gäste.

„Und, ruhige Schicht gehabt?", erkundigte ich mich routinemäßig, während ich erst einmal meine Jacke auszog und an den Haken hängte.

"Naja, ging so", antwortete er und berichtete von zwei Besoffenen oben im dritten Stock, in der 317.

„Die haben bis nach Mitternacht noch rumgepoltert und rumort", stöhnte er.

„Außerdem hab ich wieder zwei von den üblichen Drogisten rausgeschmissen, die sich in den Toiletten unten gerade ihren Schuss setzen wollten", fuhr er fort. Deshalb sollten die Putzfrauen dort heute besonders auf in den Ecken herumliegende Nadeln achten.

„Sag mal, was ist eigentlich damit?", fragte er mich plötzlich unvermittelt und zeigte auf das neu an der Seite angebaute Abteil aus Spanplatten und Sperrholz, denn die Rezeption sollte nämlich um eine Art Verkaufskiosk erweitert werden. Das heißt, im Prinzip stand eigentlich schon alles, und auch der Küchentresen sowie die Mikrowelle und die Kühltechnik waren letzte Woche bereits geliefert und montiert worden.

„Na es soll wohl tatsächlich bald losgehen damit", antwortete ich schulterzuckend, „nur wer es eigentlich machen soll, das ist noch nicht ganz klar."

„Das glaube ich erst, wenn ich es sehe", erwiderte Ricki skeptisch, kam dann aber gleich noch einmal auf seine Nachtschicht zurück und beschrieb mir ausführlich, wie die beiden Junkies aussahen. Außerdem erwähnte er noch einen Penner, der neuerdings nachts auf dem Hof in der Ecke hinterm Müllcontainer campierte, aber wohl harmlos wäre.

"Und pass auf, dass sich in der Morgenhektik nicht wieder der Spanner reinschleicht, der in den Mädchenduschen Fotos macht", warnte er mich zum Schluss, "so wie letzte Woche."

Dann stand er auf und zog los, und ich ging rüber zur Küche, um mir einen Kaffee zu holen, bevor besagte Morgenhektik losbrach.

Glücklicherweise hatte Julia den Kaffee auch schon fertig und zapfte mir gleich eine frische Tasse aus dem großen Elektrobehälter, während ich ihr dafür auf die Schnelle zwei der schweren Butterkartons aus dem Kühlraum holte und auf die Arbeitsfläche hochwuchtete. Denn schließlich kannte ich mich hier aus, ich war ja selber lange genug Teil der Küchenmannschaft gewesen, bevor Jens mich im letzten Herbst an die Rezeption geholt hatte, als Nachfolger für Melanie.

Ich schwatzte ein wenig mit Julia, schnitt mir nebenbei ein Brötchen auf und belegte es dick mit Salamischeiben, half ihr noch beim Öffnen einer unhandlichen Zwei-Liter-Dose Kondensmilch und schlenderte anschließend mit meiner Kaffeetasse in der Hand wieder zurück zur Rezeption. In der Küche lief jetzt alles rund, das spürte man; seitdem Udo alias Bummi als neuer Küchenchef eingestellt worden war, musste man sich da keine Sorgen mehr machen.

Gemächlich ließ ich mich hinterher im Rezeptions-Kabuff auf meinem bequemen Bürostuhl nieder und überflog Kaffee schlürfend und Brötchen kauend als erstes den Belegungsplan; die regulär etwa dreihundertsechzig Betten waren seit der Maueröffnung im letzten Herbst so gut wie immer voll ausgebucht. Meistens brachten wir sogar noch ein oder zwei Dutzend Einzelgäste, die spätabends ohne Reservierung erschienen, zum halben Preis im Fernseh- oder Konferenzraum unter, freilich auch dort strikt nach Männlein und Weiblein getrennt. In beinahe jeder Ecke waren jetzt zusätzliche Campingbetten aufgestellt. Übrigens waren diese Klapppliegen zum halben Preis so manchem sehr recht und durchaus heiß begehrt, denn natürlich gab es eine gewisse Sorte Dauergäste, die stets knapp bei Kasse war und dennoch wochenlang in der Herberge blieb, weil sie beispielsweise eine Wohnung oder Arbeit oder am besten gleich beides in Berlin suchte, was freilich seine Zeit in Anspruch nahm. Gelegentlich hatte Jens auch schon zugestimmt, Kost und Logis einfach bloß gegen vier Stunden Arbeit auf der Etage oder als Gehilfe beim Hausmeister zu gewähren. Aber das passierte eigentlich höchstens mal in Einzelfällen und nur, wenn wirklich akute Personalnot herrschte.

Ich öffnete das Schiebefenster, und schon bald kamen die ersten Einzelgäste, um entweder auszuchecken oder ihren Aufenthalt zu verlängern. Bei manchen brauchte ich bloß für die nächste Nacht abzukassieren, aber bei einigen, die wegen neu ankommender Gruppen das Zimmer zu wechseln hatten, war ein bisschen mehr an Erklärungen nötig. Immer wieder aufs Neue spulte ich also mein Sprüchlein ab, dass bis um zehn alles an Klamotten aus der alten Bude raus und der Schlüssel an der Rezeption abgegeben sein müsste, und wo genau sich die Schließfächer befänden, in denen man das Gepäck tagsüber lassen könnte, und dass erst ab fünfzehn Uhr die Zimmer auf den Etagen wieder begehbar wären und auf welchem Wege man am einfachsten dahin käme.

Auch Rickis kanadische Favoritin aus der 124 bekam ich auf diese Weise zu Gesicht, noch ganz verschlafen und verführerisch ungekämmt, als sie für eine weitere Nacht bezahlte. Zerstreut wollte sie mir erst Dollarnoten in die Hand drücken, fand dann aber doch noch die richtigen Scheine. ‚Merci beaucop', bedankte sie sich zum Schluss und zog verträumt lächelnd von dannen.

Gegen acht musste ich allerdings kurz die Rezeption schließen und hoch auf ein Zimmer gehen, weil dort bei einem abreisenden Busfahrer, der es natürlich eilig hatte, ein Spind klemmte, so dass er nicht an seine Sachen rankam. Diese alten, ausgeleierten Schlösser hatten nämlich so ihre Macken, funktionierten aber erfahrungsgemäß wieder völlig tadellos, wenn man sie bloß erst einmal mit dem Universalschlüssel öffnete und anschließend noch ein paarmal darin hin und her ratschte. Natürlich war das eigentlich Hausmeistersache, aber weil der sich meist erfolgreich sonstwo rumdrückte, blieb das zuweilen auch noch am Rezeptionisten hängen. Also latschte ich mit dem dicken Teddybär von Fahrer hoch in den zweiten Stock, über den Flur und vorbei am schlecht belüfteten Waschraum, aus dem mich wie üblich dieser typische Ferienlagermief anwehte, diese warme, dunstige Mischung aus Zahnpasta und Morgenschiss, um dann das verkantete Schrankschloss aufzufriemeln und hinterher gleich wieder schnurstracks im Galopp nach unten zu hasten.

Da ging es freilich sofort genauso stressig weiter, denn die Karteikarte einer ganz süßen Französin ließ sich partout nicht auffinden. Minutenlang wühlte ich fluchend alles durch, bis ich endlich den richtigen Vordruck in der Hand hielt und die entsprechenden Vermerke nach dem Bezahlen darauf eintragen konnte. Ricki du verfluchter Penner, grollte ich dabei innerlich, denn garantiert hatte der bei seiner nächtlichen Spezialsuche auch diese Karte aus der Schublade rausgekramt und sie dann nach dem Beglotzen des Ausweisfotos einfach lässig irgendwohin zurück ins falsche Fach gesteckt. Tja, und ich durfte es mal wieder ausbaden und stand jetzt in den Augen dieses Mädchens bestimmt als Blödmann da, und das ausgerechnet bei so einer charmanten Schönheit. Sehr ärgerlich, wie ich fand.

Zwischendurch klingelte obendrein noch ein paarmal das Telefon, so dass ich ordentlich ins Schwitzen geriet. Einer allein hatte hier im allgemeinen ganz gut zu tun, aber vormittags zwischen acht und zehn, da war es echt die Hölle.

Nachdem der größte Ansturm überstanden war, erschien ein älterer Stammgast aus Wien an der Rezeption, frisch vom Frühstück kommend und offensichtlich in Gesprächslaune. ,Bernhard Werner, Werner ist mein Nachname', so stellte er sich auch heute wieder etwas steif an der Rezeption vor, obwohl ich ihn nach seinen nunmehr vier oder fünf mehrtägigen Aufenthalten der letzten beiden Jahre natürlich längst kannte. Oder sollte das vielleicht so eine Art *running gag* sein, sowas wie sein Markenzeichen? Den Zimmerschlüssel spielerisch in der Hand drehend, erkundigte er sich nach dem Essensplan der nächsten Tage sowie nach diversen Bus- und U-Bahn-Verbindungen. Er wäre mal wieder wegen der ,netten Jungs', also der offenen Schwulenszene, nach Berlin gekommen, ließ er mich beiläufig noch recht freimütig wissen, und das nicht zum ersten Mal. Ich lächelte allerdings bloß höflich zur Antwort und wünschte ihm einen guten Tag.

Nach ihm war Mister Arthur Morris dran, einer unserer Langzeitgäste, ein Amerikaner um die Fünfzig. Wie jeden Morgen bezahlte er sein Bett im Fernsehraum zum halben Preis mit lauter Kleingeld und befestigte dann neue Zettel an der Pinnwand im Foyer mit dem Angebot, dass er jederzeit für Sprach– und Gitarrenunterricht zur Verfügung stünde.

Allmählich wurde es nun aber doch ruhiger im Haus, die Gäste starteten in den Tag, und die leeren Etagen gehörten jetzt allein der Reinigungstruppe. Dafür ging es an der Rezeption nun erst so richtig los mit Telefonsex aus Osaka. Zumindest nannten wir es immer so, wenn die frisch in der Stadt angekommenen Japaner auf Zimmersuche ausschwärmten und aus Telefonzellen vom Flughafen Tegel oder Bahnhof Zoo unsere Hostel-Nummer anwählten und gnadenlos abgehackte Laute in den Hörer stöhnten: ,*Och, ooch, Youth Hostel? Hello, ohch, room okay? Reservation, ohh? Please, oh, room okay, ooh?*'. Die telefonische Kommunikation gestaltete sich da natürlich stets recht schwierig, und es erwies sich oft auch als nervenaufreibende und zeitaufwändige Angelegenheit, bis man sämtliche für eine Reservierung notwendige Informationen auf diese Weise tatsächlich verstanden und korrekt notiert hatte. Allerdings waren die wenigen freien Plätze meist sowieso recht schnell vergeben, so dass schon bald der Anrufbeantworter mit der ‚sorry, ausgebucht – fully booked'-Schleife lief und unsereins sich in Ruhe anderen Dingen widmen konnte.

Ich verteilte gerade die wenigen freien Zimmerschlüssel auf die Zettel mit den bereits bestätigten Reservierungen, da tauchte Hausmeister Thoralf auf, ganz entspannt und wie üblich immer dann, wenn man ihn nicht brauchte. Er wollte etwas an der Rückwand hinter mir ausmessen, wegen der neuen Verkaufsbude nebenan. Es ging jetzt bloß noch um Kleinigkeiten wie die Befestigung eines Wandregals und um das Anbringen von Werbetafeln und Preislisten. Auch Jens kam noch dazu und beratschlagte mit Meister Thoralf wegen eines schönes Aushängeschildes, auf dem in möglichst schnörklig-eleganten Lettern ‚SNACKBAR' stehen sollte.

„Fragt Halina aus der Küche", riet ich ihnen, „die kann gut Ornamente malen und sowas. Die zeichnet dir das mit Bleistift an, und du brauchst es bloß noch mit Nitrolack nachzuziehen. Mit Ranken drumrum oder 'ner dampfenden Bockwurst drauf, wie du willst."

„Ach was", winkte Thoralf großspurig ab, „das kriege ich selber tipptopp hin. Junge, mein zweiter Vorname ist Picasso."

„Schreib doch in alter Frakturschrift ‚gepflegte Speisen und Getränke' oder sowas darunter, die Gäste mögen doch immer deutsche Tradition", gab ich noch einmal ungefragt meinen Senf dazu, aber Thoralf wollte davon nichts wissen. Also kümmerte ich mich lieber wieder um meinen eigenen Kram, und dass Picassos Vorname wohl eigentlich Pablo war, das behielt ich auch besser für mich.

Zum Mittagessen gab es Gulasch mit Nudeln. Benja hatte gekocht, und es schmeckte wie immer hervorragend. Ich aß zwei Portionen, trank hinterher noch einen Kaffee und alberte dabei mit Julia und Halina wie in alten Zeiten herum.

„Wartet mal ab", neckte sie, „die neue Snackbar macht euch bald arbeitslos. Das wird Smutjes Super-Kapitäns-Kombüse, alles nur vom Feinsten! Pottwal gedünstet und Planktonboulette mit gegrilltem Seegras."

„Ph, vergiss es", winkte Julia ab, „höchstens Mikrowellenfraß, oder was solls da geben?"

„Naja, Sandwiches, Minipizza und Hotdogs und so", antwortete ich, „und Tee und alkoholfreies Bier. Hast schon recht, so doll ist das eigentlich nicht. Nur eben für Leute, die abends noch Hunger haben oder die erst spät angekommen sind. Kann auch sein, es gibt noch 'n paar aufgeschnittene Früchte dazu, und frisch gepresste Säfte, je nachdem."

„Und denkt auch an so kleine, praktische Sachen", riet Halina, „Zahnbürsten und Duschgel, braucht man immer."

‚Ja, und Kondome', wäre mir fast rausgerutscht, aber Gott sei Dank konnte ich mich noch beherrschen.

Ich ging wieder nach vorn zur Rezeption und brachte meine letzte Stunde hinter mich, bis dann pünktlich kurz vor vierzehn Uhr Klaas als Ablösung eintraf. Also schloss ich das Schiebefenster und stellte mal wieder die große Holzuhr dahinter, die Zeiger für die nächsten zehn Minuten Pause signalisierend. Obwohl es heute bei der Übergabe ja eigentlich kaum etwas zu besprechen gab, denn es war alles ausgebucht, nur für die paar Glücklichen mit Reservierungen lagen die Schlüssel plus die dazu gehörigen Namenszettel schon wie üblich hinter uns auf dem Schränkchen. Alles fix und fertig, ohne irgendwelche Besonderheiten.

Kaum hatte ich drei Sätze mit Klaas geredet, da klopfte der Leiter einer dänischen Gruppe, die gerade angekommen war, an unsere Scheibe, trotz der überdimensionalen, gut sichtbaren Holzuhr dahinter. Ich öffnete einen Spalt weit, bat um ein wenig Geduld und rief Jens an, wegen der Einweisung. Nur der Busfahrer konnte anscheinend überhaupt nicht warten und nervte in einem seltsamen Englisch-Dänisch-Mix, ob er in einem *enkelt room or dobbelt room* untergebracht wäre (wobei er room eher wie Rum aussprach), er müsste das nämlich jetzt sofort wissen.

„Single room", antwortete ich ihm knapp und schob die Luke dann gleich wieder zu.

„Wer weiß, vielleicht wollte er bloß 'nen doppelten Rum zur Begrüßung", feixte Klaas mit gedämpfter Stimme, „zusammen mit seinem Enkel? Enkelrum or Dobbelrum, das ist hier die Frage!"

„Ja ganz bestimmt", nickte ich. „Letztens kam einer von deinen Landsleuten, aus Utrecht, der kurz vorher angerufen hatte, und begrüßte mich halb auf Deutsch und halb auf Niederländisch ganz freundlich ungefähr so: ‚Hoi, ick hab sie schon angebellt.' Echt, da wollte ich schon fast mit ‚wau wau' antworten."

„Ik heb je gebeld", erläuterte Klaas, „hat nichts mit Hundegebell zu tun, sondern bellen ist anrufen. Kommt von bel für Glocke, wie im Englischen."

„Übrigens, dein Freund Bernhard Werner ist auch wieder da", wechselte ich das Thema, „hast du ihn schon gesehen?"

„Ich weiß", nickte er aufgeregt. „Gestern Abend kam schon ein Anruf für ihn, da hab ich ihn ganz laut ausgerufen: ‚Telefon für Herr Bernhard, Herr Werner Bernhaaard, Werner Bernhaaard bitte!' Da kam er angesprintet."

Er verzog sein Gesicht zu einer ziemlich albernen Grimasse.

„Der komische Herr Wernherr, der", brummte er, und auch ich lachte los.

„Ach, sei mal nicht so gemein zu ihm, der ist doch eigentlich ganz verträglich", murmelte ich dann aber noch in versöhnlichem Ton, bevor ich schließlich aufstand und mich mit coolem Handgruß verabschiedete.

„Bollocks", lachte Klaas jedoch bloß, grüßte mit der Hand zurück und schob die Luke auf, um die Dänen zu Jens nach nebenan zu bitten.

Ich machte mich mit meinem Fahrrad auf den Heimweg, fuhr aber zunächst bloß bis in den Tiergarten, um mich dort eine Weile ins Gras zu legen und zu sonnen. Außerdem hatte ich mir neulich ein Buch besorgt, oder wohl eher ein Verzeichnis, in dem ungefähr dreihundert internationale Inserate für ‚working holidays' aufgelistet waren, also Angebote zur Ferienarbeit gegen Kost und Logis mit oder ohne Taschengeld, und in dem Schmöker wollte ich jetzt in Ruhe blättern. Denn ich fand die Aussicht reizvoll, nächstes Jahr von meinem Urlaub eventuell ein paar Wochen auf einer Farm in Irland zu verbringen, oder in den Schweizer Alpen. Oder bei einem Projekt auf Malta zu arbeiten, oder auf der schottischen Hebriden-Insel Iona, oder in einem kenianischen Nationalpark. Es gab so unglaublich viele Möglichkeiten! Natürlich durfte man nicht naiv sein und musste auch genau hingucken, welcher private oder staatliche Träger oder welche Organisation eigentlich dahintersteckte, aber sicherlich würde ich schon etwas Passendes finden. Noch hatte ich ja genügend Zeit und konnte die Sache entspannt angehen.

Schließlich zu Hause angekommen, zog ich mich um und telefonierte dann mit Ines, einer Kindergärtnerin, die ich vor zwei Monaten in meinem letzten Urlaub kennengelernt hatte, bei einer Gruppen-Radtour in Irland. Wir waren seitdem zwar kein Paar geworden, trafen uns aber gelegentlich und unternahmen etwas zusammen, weil es zu zweit eben meistens mehr Spaß machte als allein. Heute schlug sie mir ein gemeinsames Abendessen bei ihrem Lieblingsasiaten vor, wo man draußen noch einen Tisch kriegen konnte, sofern man nur früh genug erschien, und da mir das ganz gut passte, sagte ich zu. Zwischendurch machte ich mal wieder mein Fenster auf und ließ den Kater rein, den ich seit Marias Besuch im letzten Sommer nur noch ‚El Gato' nannte, um Seiner Majestät gleich danach wie gehabt auch noch die Tür zum Hausflur in Richtung Hof zu öffnen. Selten, dass dieser geschmeidige Transitpassagier länger bei mir verweilte, und dann auch nur, wenn ich ihm exzellente Speisen wie feine Streifen vom rohen Hühnerbrustfilet vorlegte. Aber das war heute nicht der Fall.

Nach dem Telefonat mit Ines schaltete ich das Radio ein; die Nachrichten waren gerade zu Ende, und der Wetterbericht versprach einen lauen Sommerabend. Perfekt, dachte ich, denn mit Ines würde es nachher bestimmt unterhaltsam werden. Doch vorher ging ich erst noch Pfandflaschen wegbringen und einkaufen.

Der nächste Morgen begann schon stressig. Ein etwas älterer Inder, oder nein, es war ein Pakistaner, der geradewegs aus London kam, so hatte er es mir vorgestern beim Einchecken ja selbst erzählt, na jedenfalls beschwerte der sich über den mal wieder streikenden Kaffeeautomat. Und das schon um kurz nach sechs, noch bevor der Tag überhaupt so richtig begonnen hatte. Also holte ich mir den Automatenschlüssel von hinten aus dem Büro, öffnete damit die Frontseite des Blechmonsters, drückte die richtigen Knöpfe, und nach drei Minuten war die Störung behoben und der Herr hielt einen neuen, randvoll gefüllten Kaffeebecher in der Hand. Doch damit nicht genug, begann er mir nun auch noch sein Leid wegen der unterschiedlichen Steckdosen zu klagen, und so ließ ich mich erweichen und drückte ihm schließlich einen Elektro-Adapter in die Hand, den ich nach kurzer Suche in der Wäschekammer aus der dortigen Kiste mit den alten Fundsachen hervorgekramt hatte.

Zurück in der Rezeption, warf ich schnell einen prüfenden Blick auf den Belegungsplan und machte dann die Kasse mit dem Wechselgeld klar, und schon ging es los mit den Frühaufstehern. Wie üblich bezahlten erst mal knapp zwanzig Gäste eine weitere Nacht, und auch ein paar morgendliche Neuankömmlinge checkte ich gleich schon komplett ein. Darunter zwei Jugoslawen, die weder Deutsch noch Englisch sprachen und die natürlich am liebsten zum Schlafen sofort hoch auf die Zimmer wollten und wirklich gar nichts kapierten. Genervt rief ich in der Küche an, um Milana kurz als Dolmetscherin an die Rezeption zu bitten, aber die hatte ausgerechnet heute frei. Schließlich versuchte ich es mit meinem bisschen eingerosteten Schulrussisch, und damit klappte die Verständigung dann zumindest notdürftig.

Nebenbei musste ich noch einen Fehler ausbügeln, der höchstwahrscheinlich auf Rickis Kappe ging, denn offenbar hatte er uns mal wieder in der Nachtschicht dazwischen gepfuscht und den Aufenthalt zweier Mädchen in einem Zimmer verlängert, das heute eigentlich leer sein müsste, weil dort am Nachmittag nämlich eine neu ankommende Gruppe einziehen sollte. Zugegeben, das Gleiche war mir am Anfang zwar auch schon mal passiert, allerdings nur, weil die Gruppe auf dem Plan ziemlich schlampig eingezeichnet gewesen war. Aber wenigstens hatte ich damals meinen Fehler auch wieder selbst in Ordnung gebracht, anstatt das anderen zu überlassen.

Als Nächstes wurde ich von zwei Japanerinnen zur Waschmaschine gebeten, die im Foyer in einem kleinen Extraraum weiter hinten bei den Verkaufsautomaten stand und mal wieder nicht funktionierte, weil nämlich der Münzschacht verstopft war. Zwar hatten wir erst neulich an dem Bedienfeld des Gerätes einen unübersehbaren Hinweis auf Deutsch und Englisch angebracht, dass sich die Maschine nur mit den speziellen, an der Rezeption erhältlichen Wertmarken in Betrieb nehmen ließ, aber trotzdem wurde immer mal wieder probiert, irgendwelche exotischen Geldmünzen in den Schlitz der dort angebrachten Schaltapparatur zu quetschen, so lange, bis alles hoffnungslos verkantet und verklemmt war. Also fummelte ich erst mal mit Hilfe von Büroklammer, Pinzette und kleinem Schraubenzieher alles wieder frei, wies dann auf das Hinweisschild an der Maschine, speziell auf die Stelle ,one token – 2 DM' und verkaufte ihnen gleich hinterher an der Kasse so eine Wertmünze. Wobei ich ihnen noch einmal einschärfte, ausschließlich diese genau passenden Messingplättchen zu benutzen, weil alles andere bloß unweigerlich zu Schäden am Gerät führen würde.

Sichtlich beeindruckt betrachtete das eine Mädchen die eben erworbene Marke, drehte sie zwischen den Fingern, und auch ihre Freundin guckte beinahe ehrfürchtig und versuchte dann wohl, meine Predigt mit ihren Worten zusammen zu fassen: „no token – then broken?"

Woraufhin ich gewichtig nickte und zustimmend brummte, was mir allerdings einiges an Beherrschung abverlangte, um nicht sofort loszulachen.

Danach kam ein Asiate die Treppe herunter, ein Koreaner, todunglücklich und mit Tränen in den Augen, und wollte wissen, ob vielleicht eine Fundsache abgegeben worden wäre. Stockend und um Fassung ringend erklärte er, dass er seinen Walkman vermisste, was für ihn eine Katastrophe bedeutete, vor allem wegen der Kassette in dem Gerät. Weil sich darauf nämlich unwiederbringliche Interviews und mündliche Rohfassungen von Teilen seiner Examensarbeit befänden.

Ich war etwas ratlos, machte mir aber eine Notiz und versprach, zumindest auch den Putzfrauen deshalb Bescheid zu sagen, bloß viel mehr konnte ich da ja sowieso nicht tun. Er sollte später nochmal nachfragen, riet ich ihm, und falls er dann tatsächlich eine Diebstahl-Bescheinigung für die Versicherung oder die Uni bräuchte, müsste er sich wohl an die Polizei wenden.

Die letzten freien Betten vergab ich an drei Japanerinnen, die offenbar erst ganz frisch in Berlin eingeflogen waren, denn die Gepäckbanderolen der Airline baumelten noch deutlich sichtbar an ihren nagelneuen Rückentragen. „Hello ladies, konnichiwa", begrüßte ich sie, „congratulations, you will get the last three beds for tonight", und mit meinem charmantesten Lächeln (so glaubte ich zumindest) reichte ich ihnen die Anmeldeformulare für die letzten freien Betten und bat sie, diese auszufüllen. Die drei waren echte Bilderbuch-Grazien, langhaarig, zierlich und anmutig, und einander zum Verwechseln ähnlich. Fast wie Drillinge, die eine Art Synchron-Ballett aufführten: viel Lächeln und angedeutete Verbeugungen, immer wieder freundliches Nicken, und natürlich das obligatorische ‚oh, hai, och' dazu. Jens kam gerade von hinten aus dem Büro, um ein bisschen die morgendliche Lage zu peilen, und auch er musste bei diesem Anblick sofort schmunzeln, wie sie nun emsig die erforderlichen Angaben Zeile für Zeile eintrugen und dabei lebhaft wie Schulmädchen miteinander tuschelten. Nach einer Weile reichten sie mir die Karten zurück und ich kassierte sie ab, wobei ich ihnen den Preis sicherheitshalber auf ein Stück Papier schrieb, und als sie ihr Wechselgeld eingesteckt hatten, erklärte ich ihnen das ganze Prozedere von Bettwäsche bis Frühstücksticket und dass sie ihr Gepäck bis zur Schlüsselausgabe am Nachmittag zunächst hier in den dafür vorgesehenen Schließfächern lagern könnten. Wieder nickte und lächelte das herzige Trio simultan, blieb aber dennoch stumm vor der Rezeption stehen, und plötzlich zog die vorderste der drei ein Büchlein aus ihrer Jackentasche, wahrscheinlich ein Reiseführer, schlug es auf, fuhr darin einen Augenblick lang suchend mit dem Finger über die Zeilen und las schließlich mit angestrengter Miene, Wort für Wort betonend, laut vor: „Do - you - speak - English?"
Im ersten Moment war ich dermaßen verblüfft, dass mir der Mund offen stehenblieb, dann aber musste ich losprusten und verdrückte mich deshalb erst mal kurz nach hinten, um mich dort vor Lachen regelrecht auszuschütten. Derweil mühte sich nun Jens nach Kräften ab, den dreien die notwendigen Informationen zukommen zu lassen, allerdings wohl ebenfalls mit lediglich zweifelhaftem Erfolg. Doch schließlich boten sich freundlicherweise zwei im Foyer wartende Japaner an, die wohl auf die missliche Lage dieser drei liebenswürdigen *Onnanokos* aufmerksam geworden waren, ihnen die Abläufe

im Haus zu erklären, und so konnte auch diese Angelegenheit zu einem guten Ende gebracht werden.

Gleich darauf gab es einen der üblichen Osaka-Telefonsex-Anrufe, die alle immer ungefähr nach folgendem Muster abliefen:

"Ohch, youth hostel, room okay? Och!"
„Well, that is the youth hostel, but sorry, we are already fully booked for today."
„Ohch, full? Full? Och!"
„Yes, the youth hostel is full tonight. No vacancies. Nothing."
„Och, oh, room okay, no? No okay? No room, och? Ohch, full?"
„Yes, full. Complete. Please try somewhere else. Sorry."

Bevor der Anrufer dann endlich kapitulierte, stieß er jedoch noch ein finales trockenes ‚Ohch!' hervor, und kaum dass ich den Hörer aufgelegt hatte, erhob ich mich nun eilig, um schleunigst den Anrufbeantworter in der Ecke einzuschalten. ‚Geschafft!', dachte ich erlöst, als ich die rettende Taste drückte, weil ich damit nun vor weiteren akustischen Störungen dieser Art erst einmal gefeit war. Allerdings durfte man sich bekanntlich nie zu früh freuen, denn das Hostel besaß selbstverständlich noch eine zweite Telefonlinie, eine separate Nummer für all diejenigen Anrufer, denen es ausdrücklich nicht um die Reservierung von Schlafplätzen für die heutige Nacht ging. Tja, und genau auf dieser Nummer rief jetzt natürlich andauernd ganz aufgeregt irgendein Wirrkopf an, der offenbar versuchte, ein Fax an die Jugendherberge zu schicken. Zwar gab es hier im Büro tatsächlich seit wenigen Monaten ein Telefax, eins von diesen modernen Zaubergeräten, mit denen man Schriftstücke versenden und empfangen konnte, doch die Nummer dieses Anschlusses stand noch gar nicht in den einschlägigen Verzeichnissen und war bislang kaum jemandem bekannt. Was freilich diese wahnwitzige Nervensäge nicht davon abhielt, in den nächsten zehn Minuten unablässig eben jene zweite Telefonnummer anzuwählen, die er wohl für einen Faxanschluss hielt, um mir dann immer wieder bloß stur ‚I fax now!' ins Ohr zu brüllen und knarzend irgendeinen Umschalter zu betätigen, so dass danach nur noch ein schrilles Sirren und lautes, stechendes Pfeifen aus dem Hörer drang.

„Bei dir greifen wohl die Außerirdischen an?", rief Renate, die ‚Oberputze‘ oder ‚Domina vom Putzlappen-Geschwader‘, wie sie sich selber gerne nannte, die gerade an der Rezeption vorbeiging und die merkwürdigen Geräusche aus meinem Telefon ebenfalls gehört hatte. Sie war eine echte Berliner Pflanze, schätzungsweise Anfang Fünfzig, recht stabil gebaut, und mit einem ziemlich losen Mundwerk ausgestattet.

„Die Außerirdischen, die sind doch schon längst unter uns", erwiderte ich bloß mit gelassenem Schulterzucken auf ihre Bemerkung und plauderte anschließend noch ein bisschen mit ihr, wobei ich auch den Koreaner mit seinem abhanden gekommenen Walkman nicht zu erwähnen vergaß.

Kurz darauf kam Hausmeister Thoralf um die Ecke, vorsichtig ein dünnes, fast mannshohes Sperrholzbrett tragend, von dem er uns aber nur die unbearbeitete Rückseite sehen ließ. Es roch nach frischer Farbe.

„In fünf Minuten wird die Snackbar feierlich eingeweiht", verkündete er selbstbewusst, „ich mach jetzt das Schild an."

„Ist gut, Don Picasso", antwortete ich, „die Gemeinde der Kunstkenner wird sich in Kürze versammeln, um es kritisch in Augenschein zu nehmen."

Ich trug noch schnell eine kleine Änderung im Belegungsplan ein und sagte dann auch Jens Bescheid, und zusammen mit Renate, die gerade hinten die Wäschekammer abschloss und kurzerhand von uns heran gewunken wurde, gingen wir um die Ecke zum neuen Snackbar-Anbau, wo Thoralf auf der Stehleiter mit dem Akkuschrauber hantierte und eben ruckelnd die letzte Schraube versenkte.

„Moment!", rief Jens und stellte vier mitgebrachte Flaschen alkoholfreies Bier auf dem Verkaufstresen ab, öffnete aber nur drei davon, weil Renate keins wollte. „Champagner, zur Feier des Tages! Prost, Männer!"

Erst jetzt traten wir ein paar Schritte zurück, um Thoralfs Meisterwerk gebührend zu bewundern und um zu prüfen, ob das Schild auch wirklich gerade hing. Erwartungsvoll hob ich meine Flasche schon zum Salut, traute meinen Augen jedoch kaum, als ich das Ganze nun zum ersten Mal erblickte: In kühn geschwungenen Lettern, elegant umrahmt und mit Kringeln in den Ecken und einer kleinen schwarz-rot-goldenen Fahne pfiffig verziert, stand dort nämlich deutlich zu lesen: SNAKEBAR. Nein, nicht Snackbar, sondern Snakebar. Die Schlangenbar.

Auch Jens glotzte bloß sprachlos und schien ziemlich konsterniert.

„Hm, Picasso kann kein Englisch", brach ich schließlich die Stille, „aber ansonsten ist es doch spitzenmäßig geworden."

„Wie, warum denn?", stotterte Thoralf, dem wohl langsam etwas dämmerte, und Jens klärte ihn schonend auf.

„Naja, nicht so schlimm", urteilte er als Chef nach einer Weile pragmatisch, „das lassen wir jetzt einfach so. Klingt irgendwie nach Safari im Großstadtdschungel, also passt schon. Vielleicht noch 'n paar Papierschlangen an die Seite, und Urwaldlianen, zwecks Exotik, und gut ists."

„Ja, und Thoralf macht nach Feierabend hier den Tarzan", meldete sich Renate und grinste ihn spöttisch an. „Also 'n alten Putzlappen als Lendenschurz, den kannste von mir schon mal kriegen. Du ,Master of the House', du."

So ließ er sich nämlich ganz gern titulieren, auch wenn das natürlich nicht die korrekte englische Übersetzung des Begriffs ,Hausmeister' war. Aber das Wort ,janitor' erschien ihm nun mal nicht klangvoll genug.

Ich wollte mich eigentlich noch erkundigen, ob denn demnächst auch Reibekuchen auf der Angebotskarte der Snakebar stehen würde, vergaß es jedoch in der allgemeinen Partystimmung. Decha, der gerade zusammen mit Nikki, einem der Etagenmädchen, einen Container mit Bettwäsche durch die Halle schob, blieb auch noch kurz bei uns stehen, und als ich den beiden den Grund für unsere Heiterkeit nannte, ließen sie sich ebenfalls schnell davon anstecken. Übrigens mochte ich Nikki, sie war immer gutgelaunt und überhaupt total süß. Meistens kam sie jeden Tag kurz zu mir an die Rezeption, oft zusammen mit ihrer Kollegin Yolanda, und dann lächelten sie mich einfach bloß an und fragten mich, wie es mir geht. Anfangs hätten sie übrigens gedacht, dass ,Smutje' mein richtiger Name wäre, erfuhr ich eines Tages zufällig, und ich amüsierte mich insgeheim darüber, aber inzwischen war das ja geklärt. Manchmal erzählten sie mir auch lustige Geschichten von der Etage oder machten irgendwelche kleinen Späße. So ahmten sie beispielsweise gern Juree nach, eine der thailändischen Putzfrauen, wie sie manchmal nach ihrem Kollegen Tom rief, nämlich ,Tom da?', was freilich aus dem Mund der beiden schelmischen Mäuse irgendwie melodisch, aber vor allem auch sehr lustig klang: ,Tomm dah?'. Also ungefähr wie das Läuten eines falsch gepolten Türgongs, erst tief und dann hoch: ‚Dong daah?'. Naja, und das machten sie dann einfach ein paarmal hintereinander und kicherten dazu übermütig, und ich lachte mit ihnen. Auch wenn es wahrscheinlich ziemlich albern war.

Um halb eins stellte ich die große Holzuhr ins Fenster, Bude dicht und ab in den Speisesaal.

„Was gibts zum Mittag?", fragte ich Julia, die an der Ausgabe stand.

„Essam hat Cordon bleu gemacht, diese gefüllten Hühnerschnitzel, dazu Kartoffelbrei und Buttergemüse", antwortete sie, „aber es gibt auch vegetarische Bällchen mit leckerem Hummusdip."

„Süpero, na dann klatsch mal bitte von allem etwas drauf, für den Restauranttester", bat ich, und sie tat mir den Gefallen.

Nang winkte mir von hinten aus der Küche zu, und ich winkte zurück, und Essam, der gerade eine Minute Luft hatte, kam währenddessen auch noch kurz nach vorn an den Tresen.

„Na, Doktor Barbeque, wie stehts?", erkundigte ich mich, und zur Antwort grinste er bloß verwegen wie immer. Alles in Ordnung, meinte er dann, und im Übrigen würde jetzt viel weniger im Abfall landen als früher, auch beim Frühstück und Abendbrot.

„Damals Heringssalat und Aspik, du weißt, das war das schlimmste Fraß", sagte er, „da flog alles direkt in Tonne."

„Na hiervon lass ich jedenfalls nix übrig, keine Angst", versprach ich ihm, auf meinen Teller deutend, und ich setzte mich an einen der leeren Tische am Fenster, um in Ruhe zu essen.

Als ich aus dem Speisesaal kam, wartete bereits wieder neue Kundschaft auf mich. Oberputze Renate war ebenfalls in der Halle und erklärte gerade einigen der dort Versammelten in ihrem Polterenglisch, dass der diensthabende ‚master of waiting snakes' gleich da sein und mit dem Einchecken beginnen würde.

„He is chef of snakes", stellte sie mich dann vor und zeigte freudestrahlend auf mich, als ich in Richtung Rezeption lief, womit ich nun also vom kleinen Smutje zum veritablen Schlangenkoch avanciert wäre.

‚Warteschlange heißt auf Englisch aber nicht ‚snake', sondern ‚queue' oder ‚line', und ‚chef' bedeutet eigentlich Koch', lag mir schon auf der Zunge, während ich die Rezeptionsbude aufschloss und das Servicefenster öffnete, aber ich sparte mir lieber meine besserwisserischen Worte. Stattdessen winkte ich bloß matt ab und rollte ein bisschen mit den Augen.

„Na klar", legte sie aber gleich nochmal nach, „du hast schon in der Küche damals die Schlangen gebändigt, beim Frühstück, und jetzt hier an der Rezeption, und die Snakebar kommt bald auch noch dazu, warte mal ab! Dann wirst du offiziell zum Schlangenbeschwörer vom Dienst ernannt!"

„Ach Quatsch, die Snakebar soll doch Nikkis Cousine machen", widersprach ich ihr, „hab ich zumindest gehört."

„Trotzdem", beharrte Renate auf ihrer fixen Idee, „und außerdem kommst du ja auch aus dem fernen kommunistischen Osten und schläfst wie der Fakir im Nagelbett. Also bist du der Schlangenbeschwörer, ob du willst oder nicht, ‚the snake king'."

„Ich denke Elvis ist der 'king', das sagst du doch immer", erwiderte ich spöttisch, steckte den Schlüssel in die Kasse und wandte mich dem ersten Wartenden zu. Ein Langhaariger von der Waterkant, seiner Aussprache nach. Er nannte mir seinen Namen, reichte mir den Jugendherbergsausweis und teilte mir mit, dass er ein Bett für drei Nächte reserviert hätte.

„Love me tender", hörte ich Renate, die inzwischen in Richtung Wäschekammer unterwegs war, plötzlich noch von Weitem trällern, und dann lachte sie ziemlich laut los, was sich schon ein bisschen irre anhörte.

Mir kam kurz der Verdacht, dass sie möglicherweise heute in der Mittagspause auf der Etage eine Flasche Sekt gekillt hatten, vielleicht zu Ehren eines Geburtstagskindes? Aber eigentlich war mir nichts dergleichen zu Ohren gekommen.

Na wie auch immer, dachte ich bloß bei mir, legte dem Gast seinen Zimmerschlüssel auf den Tresen und nannte den zu zahlenden Betrag, und er begann in seinem Portemonnaie zu kramen.

„Was ist denn mit der?", fragte er dabei verwundert und guckte Renate neugierig hinterher.

„Schlangenbiss", antwortete ich seufzend. „Die war früher mal Tierpflegerin im Zoo, Abteilung Reptilien. Puffotter, Kobra, Viper, das volle Programm, echt wahr. Tja, und das sind jetzt eben die Nachwirkungen der Neurotoxine. Wie bei so 'nem Kriegsversehrten, wo das später immer wieder mal hochkommt. Ist aber harmlos."

Er sah mich zweifelnd an, und ich nickte ihm freundlich lächelnd zu und wünschte ihm einen angenehmen Aufenthalt.

Klaas erschien zwar wie immer pünktlich zur Spätschicht, ging aber erst mal für zehn Minuten um die Ecke zur Snakebar, um mit eigenen Augen Meister Thoralfs neuestes Opus in Öl zu begutachten. Dabei schien er sich angeregt mit einigen der dort sitzenden Amerikaner zu unterhalten, von denen der eine Arthur Morris war, unser Dauergast aus dem Fernsehraum, der Englisch– und Gitarrenunterricht anbot und oft auch tagsüber einfach bloß so in der Eingangshalle hockte.

„Na, bist du auch begeistert von der famosen Schlangenbar?", wollte ich von Klaas wissen, als er schließlich zu mir in die Rezeptionsbude zurückkehrte.

„Darauf erst mal 'n kräftigen Dobbelrum, oder wie?"

Aber Klaas machte bloß eine stumme, resignierte Geste.

„Typisch Hausmeister Thoralf", murmelte er nur kopfschüttelnd, „zwecklos, hat keinen Sinn. Die absolute Koryphäe, eben der Allerbeste."

„Na wohl eher der Allerwerteste", brummte ich grinsend, woraufhin Klaas einmal kurz auflachte, und damit war das Thema dann abgehakt.

Ich erwähnte den Koreaner, dessen Walkman mitsamt der für ihn so wertvollen Kassette verschwunden war, und bat Klaas, später nochmal deswegen bei Renate oder Decha nachzufragen, obwohl das wahrscheinlich auch zu nichts führen würde. Den Namen und die Zimmernummer hatte ich aber notiert, für alle Fälle.

„Geht klar", versprach er und glich flüchtig die wenigen vorhandenen Reservierungen mit dem Belegungsplan ab.

„Übrigens, unser Mister Morris trägt auch immer dieselben Klamotten", fing er nach einer Weile an, „ich glaub der arme Hund kann sich nicht mal die zwei Mark für 'nen Waschgang leisten. Entweder hat er wie heute sein schwarzes T-Shirt an, oder höchstens noch sein in Ehren ergrautes Unterhemd mit der komischen braunen Strickjacke drüber."

„Genau", stimmte ich ihm zu, „ist mir auch schon aufgefallen."

„Du, wobei, der ist absolut nicht doof", ergänzte er in anerkennendem Ton, „musst dich mal mit ihm unterhalten. Ist wohl eigentlich studierter Historiker oder sowas. Naja, oder doch mehr so 'ne Art Wanderprediger."

„Ich weiß", nickte ich, „der redete gestern mit der einen auf Französisch, und anscheinend spricht er auch Italienisch."

„Ja", grinste Klaas, „ist aber 'ne gestrandete Existenz, so nach dem Motto: zehn Sprachen – ein Unterhemd."

Wir lachten beide, obwohl es natürlich eigentlich gar nicht so witzig war und es außerdem bestimmt viel mehr von dieser Sorte gab, als man gemeinhin annahm. Aber da wir nun schon einmal beim Ablästern über die geschätzte Kundschaft des Hauses waren, erzählte Klaas auch noch, dass er gestern am Abend einen Einzelgast mit dem Nachnamen Schweinebenz eingecheckt hätte, in ein Viererzimmer irgendwo im Anbau.

„Stell dir das mal vor", feixte er, „wie du morgen vielleicht mal eben ganz locker über die Haussprechanlage ausrufst: ,Herr Schweinebenz, bitte fahren sie ihren Drecks-BMW vom Parkplatz, weil sonst der scheiß Lieferwagen für die Küche nicht durchkommt.' Das wär doch der Brüller, oder?"

„Junge, Junge, was manche Leute für Namen haben!", wunderte ich mich ebenfalls lautstark. „Na am besten war doch letzten Herbst damals die eine, Frau Stubevoll hieß die, oh Mann! Also wenn die wiederkommt, steckst du die in die 247 oder 248, und schon ist die Achterbude komplett belegt!"

„Bollocks", lachte Klaas kopfschüttelnd, „oder die bringen wir im Fernsehraum unter, dann ist da auf Schlag die ganze Stube voll, und der arme Arthur Morris muss in der Laundry neben der Waschmaschine pennen."

In dieser Art blödelten wir einfach ein bisschen weiter rum, und zum Schluss erinnerte mich Klaas noch sicherheitshalber an unseren bereits abgemachten Schichttausch, denn er hatte übers Wochenende privat irgendwas vor und wollte deswegen morgen zusammen mit seiner Frau gleich möglichst früh am Nachmittag aufbrechen.

„Ja, keine Sorge", bestätigte ich ihm noch einmal, „ich komme zur Spätschicht morgen, das geht klar."

Zur Antwort streckte er mir seinen Daumen entgegen, und ich machte endlich, dass ich da rauskam.

Nach der Arbeit fuhr ich zu Hugo, der eigentlich Konrad hieß, aber schon seit Kindertagen immer bloß bei seinem Spitznamen gerufen wurde. Wir stammten aus derselben Stadt und hatten uns zu Ostzeiten zwar nur flüchtig gekannt, waren uns aber in Westberlin wieder mehr oder weniger zufällig über den Weg gelaufen und trafen uns seitdem ab und an. Er war mehr so der robuste Typ, ein bisschen älter als ich, und lebte ebenfalls allein. Vor ungefähr drei Jahren hatte man ihn aus dem Ostknast freigekauft, und nun arbeitete er hier in einer Autowerkstatt, wo er recht gut verdiente, und ging gelegentlich zum Gewichte stemmen ins Fitnessstudio oder auch mal mit ein paar Bekannten abends Dart spielen. Ansonsten vergnügte er sich mit relativ schnell wechselnden Freundinnen, flog nach Mallorca oder wie letztes Jahr auch schon mal nach Thailand und genoss ganz allgemein sein Junggesellenleben. Zumindest hatte er es mir so ungefähr erzählt. ‚Alles einwandfrei‘, mit seinen Worten. Er wirkte jedenfalls recht zufrieden, und nach all dem, was er bereits hinter sich hatte, schien mir das auch durchaus plausibel zu sein.

Wir tranken bei ihm erst Kaffee und tauschten ein paar Neuigkeiten aus, dann spazierten wir eine Weile durch seinen Kiez und setzten uns schließlich zum Biertrinken in ein gemütliches Gartenlokal, an einen ruhigen Tisch draußen unter dem Blätterdach einer großen, schattenspendende Linde.

„Und, wie siehts nun aus mit deinen Plänen?", erkundigte er sich, als die ersten beiden Gläser serviert wurden, „bleibst du nun da in deiner Hostelhütte, oder willst du doch noch mit Studieren anfangen?"

„Ach, an sich macht der Job schon Spaß, also die Branche finde ich eigentlich ganz okay", antwortete ich, „bloß auf Dauer an der Rezeption, das ist es doch nicht so ganz, glaube ich. Da gibts einfach keine Perspektive."

Ich zuckte mit den Schultern.

„Aber im Moment habe ich einfach noch nichts Besseres."

Außerdem waren gerade jetzt, ein gutes halbes Jahr nach dem Mauerfall, viele Dinge noch im Fluss und keiner konnte genau sagen, wohin die Reise letztendlich gehen würde. Immerhin gab es wohl bereits Gespräche zwischen ost- und westdeutschem Jugendherbergsverband, erläuterte ich Hugo, und möglicherweise würde man die Häuser im Osten mit denen im Westen bald zusammenführen, unter einem Dach, und in diesem Falle hatte man mir zumindest Chancen eingeräumt, wenngleich auch nur vage und unverbindlich, vielleicht in absehbarer Zeit als Stellvertreter in einer dieser Ost-Herbergen eingesetzt zu werden. Andererseits pfiffen es die Spatzen längst von den Dächern, dass sämtliche großen Investoren drüben schon Schlange standen, und zwar natürlich auch, um dort die schönsten Jugendherbergen in den besten Lagen aufzukaufen und umzubauen und dann anderweitig zu nutzen oder weiter zu verscherbeln.

„Jaja", brummte Hugo, „die Filetstücke reißen sich die Geier unter den Nagel, im Morgengrauen der Wiedervereinigung, und übrig bleibt nur der Schrott. Darauf läufts doch überall hinaus."

„Na jedenfalls, wenn das mit 'nem Stellvertreterposten irgendwo im Osten nicht in absehbarer Zeit klappt, dann werde ich wohl entweder studieren oder versuchen, mich irgendwie...", ich suchte nach der richtigen Formulierung, „na eben irgendwie anderweitig in der Ferne zu verdingen", erwiderte ich grinsend und erwähnte meine Idee, im nächsten Jahr zumindest erst einmal für ein paar Wochen zum Arbeiten ins Ausland zu gehen, am besten während meines Sommerurlaubs, sozusagen als Test.

„Also ich lebe jetzt hier", meinte Hugo entschieden, „und zurück in den Osten zieht mich gar nichts. Was soll ich da? Ich hab damals so gut wie alle Brücken abgebrochen, bin jetzt fast Dreißig und schon über drei Jahre im Westen, hab hier Wurzeln geschlagen. Nee, ich brauch den Osten nicht, der kann mir gestohlen bleiben. Die ganze feige Bagage da. Haben sich immer schön abgeduckt und das Maul gehalten, und jetzt wollen sie auf einmal großkotzig mit Westgeld shoppen gehen. Die Armleuchter. Nee, die können mich mal. Und von meinem Alten drüben hab ich sowieso nix zu erwarten."

„Dito, ist bei mir doch im Prinzip ähnlich", stimmte ich ihm zu, „und ich will ja auch nicht *zurück* in den Osten. Sondern ich würde da höchstens hingehen, wenn man mir von hier aus jobmäßig übers Jugendherbergswerk 'ne echte Chance bietet. Was wirklich Solides, sonst nicht. Jedenfalls muss ich bestimmt nicht im Osten nochmal wieder da unterkriechen, wo ich vor zweieinhalb Jahren gerade erst angeekelt rausgekrochen bin. Nee, wahrlich, das brauch ich auch nicht."

„Genau", bekräftigte Hugo, „und wir waren Gott sei Dank noch jung genug, um im Westen neu anzufangen, und vor allem stand damals die Mauer noch!

Das war unser Glück! Ist doch alles einwandfrei gelaufen! Mensch, wir galten doch als Exoten und wurden bestaunt, als wir ankamen! Ohne eine müde Mark! Und da war die Hilfsbereitschaft und das Interesse auch noch viel größer! Junge, wir haben verdammtes Glück gehabt! Ich kenn' ganz andere Schicksale, das sag ich dir! Inzwischen ist der Rausch doch größtenteils verflogen, und wer heute als zig-Millionster in den Westen rüber geht, der muss sich warm anziehen."

„Yepp", nickte ich und hob mein Glas, „ein Pils auf uns Glückspilze!"

„Prost, na das kannste laut sagen!", rief Hugo, und fröhlich stießen wir miteinander an.

Abends rief mich Ines an und kam gleich nochmal ohne Umschweife auf ihre Urlaubspläne zurück, von denen sie mir gestern beim Asiaten bereits ausführlich berichtet hatte. Also sie würde demnächst mit ein paar Leuten nach Schweden fahren, teilte sie mir mit, sie hätte sich nun entschieden, und auch für mich wäre derzeit noch immer ein Platz frei.

Allerdings müsste ich schnell zusagen.

„Na eigentlich will ich ja Urlaubstage sparen, wegen der Idee mit ,working holiday' und so", antwortete ich, „weißt du doch, für nächstes Jahr."

„Ja ich weiß", bestätigte sie, „aber falls du dir es anders überlegst und doch Lust kriegst? Kann ja sein."

„Hm, ich überlegs mir", versprach ich, obwohl ich kaum glaubte, dass ich so schnell noch meine Meinung ändern würde. Aber ich wollte sie nicht vor den Kopf stoßen, denn immerhin hatte sie an mich gedacht.

Ich kam diesmal extra ein bisschen früher als sonst zur Arbeit, damit Klaas gleich pünktlich mit seinem Trip ins Wochenende starten konnte.

„Na, Schicht lebendig überstanden?", erkundigte ich mich.

„Ach, na das war vielleicht was!", winkte er ab und berichtete gleich ziemlich angewidert von zwei Israelis, die gestern Abend angekommen wären und umsonst übernachten wollten.

„'Wir bezahlen nicht in Deutschland', haben die getönt", meinte Klaas, „wegen der Konzentrationslager bei den Nazis."

„'In welchem KZ hast du denn gesessen?', hab ich den ersten Typen ganz ruhig gefragt", erzählte er weiter.

„'Na ich nicht, aber mein Opa', kriegte ich zur Antwort."

„'Okay', sag ich, ,dein Opa kann hier umsonst pennen. Du nicht. Sonst noch was?'"

„Echt?", staunte ich.

„Ja", nickte Klaas, „da wollten die frech werden, also hab ich Jens angerufen und der hat ihnen verklickert, dass wir sonst die Bullen holen. Und plötzlich war Ruhe, und die haben auf einmal ganz normal geblecht. Sind heute früh aber schon wieder abgehauen, gleich nach 'm Frühstück, ausgecheckt und weg. Kann sein, die probieren die Nummer jetzt woanders. Na so oder so, ich glaub, das waren irgendwelche geistig porösen Spinner, wahrscheinlich eher Araber und keine Juden. Ist mir auch scheißegal."

Unwillkürlich kamen mir Bilder von den jungen Kerlen in den Sinn, die letztes Jahr bei der Maueröffnung in die Fernsehkameras geschrien hatten, mit wild verzerrten Gesichtern: ,Man hat uns vierzig Jahre lang betrogen, jetzt sind wir dran!'

Tja, dachte ich, die, die am lautesten Ansprüche anmeldeten, das waren bekanntlich oft die Falschen. Die krakeelenden Trittbrettfahrer, denen meist ganz zuletzt irgendetwas zustand.

„Die paar freien Betten hab ich vorhin komplett vergeben, der Anrufbeantworter ist an", teilte mir Klaas noch routinemäßig mit und wies auf die Schlüssel hinter uns. „Musst also keine Angst mehr haben vorm ,room okay?'-Anruferterror im Fünf-Minuten-Takt."

„Na Gott sein Dank!", rief ich lachend. „Echt, die treiben mich sonst wirklich noch zum Harakiri!"

„Ach, übrigens", fiel ihm dann noch ein, „aufm Hof haben wir ja auch mal wieder 'n Außenschläfer, so 'n alter Daddy, Horst heißt er, glaube ich. Naja, hat eindeutig 'ne Macke. Ist bloß so 'n halbes Hemd, lief aber gestern Abend da schon rum wie 'n Parkplatzwächter, Autos einweisen und so, und machte einen auf Hilfssheriff. Hab ihm gesagt, dass er sich schön still und anständig verhalten soll, sonst ist Schluss. Aber so lange der da rumturnt, lassen uns vielleicht wenigstens die Junkies in Ruhe. Kannst ja später mal gucken, ob alles in Ordnung ist."

Jens kam zu uns in die Rezeption, studierte den Belegungsplan und spielte vor sich hin brummelnd anscheinend mehrere Varianten für eine Unterbringung durch. Zwei junge Schottinnen wären nämlich zu Anfang des nächsten Monats angekündigt, ließ er uns wissen, irgendwie eine Austauschgeschichte. Für ungefähr sechs oder sieben Wochen würden sie bleiben und auf der Etage ein bisschen mithelfen, nur zwei oder drei Stunden am Tag, für Kost und Logis.

„Na mal sehn, was uns da beschert wird", grinste Klaas und verabschiedete sich, und ich wünschte ihm eine gute Reise und machte dann gleich die Bude auf.

Momentan war aber nicht viel los, die neuen Gruppen wurden erst später am Nachmittag erwartet, und freie Plätze für Einzelgäste gab es ja sowieso nicht mehr. Alles voll bis unters Dach, wie gehabt.

Ich beobachtete eine Weile einen Asiaten, der in einer der hintersten Ecken im Foyer irgendwelche merkwürdigen Verrenkungen oder Geisterübungen machte; er dehnte und streckte sich, blieb abrupt stehen und wehrte offenbar manchmal auch irgendwelche sich direkt vor ihm schlängelnde Dämonen ab, die ich freilich nicht sehen konnte. Hm, dachte ich, entweder war das dieses Thai Chi, sehr individuell ausgeführt, oder er übte vielleicht bloß einen imaginären Tennis-Aufschlag in Zeitlupe?

Ein paar Australier kamen die Treppe herunter, mit zwei großen Beuteln, offenbar voller Schmutzwäsche, und wollten Wertmarken für die Waschmaschine kaufen. Na die Jungs hatten immerhin kapiert, wie das Ding funktionierte, dachte ich zufrieden, denen brauchte ich nichts zu erklären. Ich gab ihnen Waschpulver dazu und unterhielt mich eine Weile mit ihnen. Durch die Bank lässige, sympathische Kumpeltypen, so wie eigentlich alle, die ich bisher aus ‚down under' kennengelernt hatte. Einer stammte sogar aus Tasmanien, von ‚under down under', wie er grinsend erwähnte. Ihre Standardfloskel hieß stets ‚no worries', keine Bange, alles in Ordnung, das war ihre Antwort auf so ziemlich alles. Mit Problemen hielten sie sich jedenfalls nicht lange auf, dafür war ihnen die Zeit zu schade.

„Eines Tages werde ich euer Land auch mal besuchen", versprach ich ihnen lächelnd, und ihre Antwort lautete prompt: "You are most welcome!"

Dann gingen sie auf den Hof zum Tischtennis spielen.

Der etwas ältere Inder, pardon: der Pakistaner, der seit drei Tagen im Hause war und heute abreiste, lief durch die Halle, holte sich sein Gepäck aus dem Schließfach und kam dann noch einmal an die Rezeption, um den neulich ausgeliehenen Elektroadapter zurückzugeben und sich persönlich bei mir zu bedanken. Es hätte ihm alles sehr gut gefallen, äußerte er gleich mehrfach und auch recht überschwänglich, und da ich ihm gegenüber stets so besonders freundlich und hilfsbereit gewesen wäre, überreichte er mir feierlich zum Abschied einen augenscheinlich nicht mehr ganz neuen, aber doch noch ziemlich gut erhaltenen, hellbraunen Seidenschlips.

Ich war zugegebenermaßen ein wenig perplex, nahm das Geschenk aber selbstverständlich mit dem Ausdruck großer Hochachtung und Freude entgegen. Was solls, sagte ich mir, möglicherweise konnte ich das Ding ja irgendwie als Requisite für mein nächstes Faschingskostüm gebrauchen. Jedenfalls lächelte ich artig und wünschte ihm eine gute Reise.

Kaum war er gegangen, besuchten mich Nikki und Yolanda noch einmal kurz vor ihrem Feierabend, lächelten mich verschmitzt an und nannten mich plötzlich ‚snake charmer', also Schlangenbeschwörer, was wohl mein neuer Spitzname zu werden schien.

Dann erschien ein Japaner, der offensichtlich ein Bett für die Nacht suchte, so dass zunächst der übliche Dialog durchexerziert werden musste:

„Room okay, oh?"

    „Good afternoon. Do you have a reservation, please?"

„Ohch, no resevation, is full? Full? Och!"

    „Well, the house is full, at least all regular beds are booked."

„Och‚full, oh?"

Als das dann schon mal soweit kommuniziert war, bot ich ihm ein Notbett zum halben Preis in einem Schlafsaal an: „But it is in a big dormitory".

Er zuckte zurück und sah mich entsetzt an.

„In a crematory?", rief er ungläubig.

Nun, es mag sein, dass ich vielleicht tatsächlich etwas schnell und undeutlich gesprochen hatte, oder sein durch großväterliche Kriegsveteranen und historische KZ-Dokumentarfilme geprägtes Deutschlandbild hatte ihm sofort diese fürchterliche Assoziation ins Hirn gefunkt, oder beides. Außerdem schien er auch das Wort ‚dormitory' nicht zu kennen. Also erklärte ich ihm geduldig, dass er hier in einem großen Raum, zusammen mit ungefähr einem Dutzend anderer Männer, für die Hälfte des regulären Preises übernachten könnte, allerdings auf einem einfachen Campingbett, und er nahm das Angebot schließlich erleichtert an.

Später trafen nach und nach die angekündigten Gruppen ein, mit denen ich aber fürs Erste nicht allzu viel zu tun hatte, da Jens ja regelmäßig die Einweisung der Leiter übernahm.

Also verdrückte ich mich kurz in die Küche, um etwas zu essen zu schnorren. Die Tagesschicht hatte schon Feierabend, und im Prinzip war das meiste für das Abendbrot auch bereits vorbereitet. Nur Klein Julia und Nang hatten Spätschicht, sowie Jorge, ein spanischer Student von der Agentur ‚Heinzelmännchen', der manchmal stundenweise aushalf, wenn Not am Mann war. Tee kochen und Brot schneiden, viel mehr gab es aber im Moment nicht zu tun.

Julia reichte mir ein Schinkenbrötchen, und ich schwatzte mit ihr und Nang ein bisschen über alte Zeiten, wie mich damals Frau Bauer zur Wurstmesse hatte mitnehmen wollen und lauter so Zeug, und wir lachten uns noch einmal halb kaputt darüber. Oder als Nang einmal von zu Hause vorn im Büro angerufen und meine Stimme auf dem Anrufbeantworter gehört hatte und dann mit mir reden wollte und überhaupt nicht verstand, wieso ich sie plötzlich scheinbar ignorierte. Sie kannte keinen Anrufbeantworter und hatte sich bloß gewundert, dass ich einfach so stur immer weiterredete, obwohl ich doch sonst so freundlich zu ihr war.

„Tja", sagte ich, „und erst neulich rief einer an und wollte mir weismachen: ‚Ja, ich hab ja gestern schon alles auf ihren Anrufbeantworter gesprochen'.

Bis ich ihm klarmachte, dass man da gar nichts raufsprechen kann."

Lachend schüttelte ich meinen Kopf und murmelte: „Seltsame Dinge!"

„Ja, ach und übrigens, die Kellertür quietscht auch wieder, die du mal in Ordnung gebracht hattest", erwähnte Julia plötzlich, und ich versprach ihr, Thoralf deswegen so lange zu nerven, bis er das Ding endlich vernünftig repariert hätte.

Danach ging ich noch für einen Moment zu Jorge nach hinten raus an die Hoftür, wo er gerade stand und rauchte, und erkundigte mich nach Neuigkeiten, was sein Studium und seine Familie betraf. Mit ihm hatte ich im letzten Jahr ab und an versucht, ein wenig auf Spanisch zu palavern, sowohl vor als auch nach meiner Woche Bildungsurlaub in Malaga. Obwohl ich mich zwar in Bezug auf Fremdsprachen nicht für sonderlich begabt hielt, hatte ich dennoch ein gewisses Faible für diese Sprache entwickelt, spätestens seit ich vor Jahren die mexikanischen Romane von B. Traven gelesen hatte, mit all ihren exotischen Einsprengseln. *Muchacha, zapato, compañeros y ladrones*, wie das schon klang! *Maravilloso, muy bien!* Ich liebte Spanisch! Wo man Spanisch sprach, da gab es schöne Frauen, so viel war jedenfalls sicher. Und selbst Worte wie ‚Toilettenpapier' bekamen da noch einen stilvollen Klang, wenn man sie so richtig mit Betonung aussprach: *‚papel higiénico'*.

Jorge brachte mir damals ein paar harmlose Flüche bei, und natürlich priesen wir gemeinsam auch die holden *chicas*, und irgendwann hatte ich ihm schließlich von Maria erzählt, von ihrem Brief und den Worten darin: *‚un beso con mucho cariño'*. ‚Oh das bedeutet viel!', hatte er mir versichert und mich damit aufgezogen, ja regelrecht scharfgemacht. Hm, wie es wohl wäre, grübelte ich seitdem manchmal, wenn ich mich einfach so in den Bus setzte und sie in Paris besuchte, entweder mit Ankündigung oder gar völlig spontan, und sie sowohl mit meiner Ankunft als auch mit ein paar fehlerfreien Sätzen auf Spanisch überraschte? Und ihr versicherte, dass ich täglich weiter lernen würde, *palabra de honor*? Müsste das nicht einschlagen wie eine Bombe? Aber so ein Mädchen wie sie blieb bestimmt nicht lange ohne männliche Begleitung, sagte ich mir dann natürlich sofort und tat das Ganze schnell als Schnapsidee ab. Meistens, jedenfalls - aber eben nicht immer.

Etwas später musste ich hoch in den dritten Stock zu einer Schulklasse, ein Spind ging mal wieder nicht auf. Es war eins der Sechsbettzimmer, voll mit lauter so kleinen, hübschen Mädchen, anscheinend auch aus den Nachbarzimmern, und zwei Jungs saßen ebenfalls dazwischen, alle vielleicht um die acht, neun Jahre alt. Sie spielten Karten oder alberten einfach rum, eine besonders Kesse spritzte sogar mit einer Wasserpistole aus dem offenen Fenster irgend jemand auf dem Rasen hinter dem Haus nass, und dann kreischte der ganze Haufen los, drinnen wie draußen, und kicherte völlig außer Rand und Band. Ist das süß, dachte ich insgeheim und stocherte extra langsam und umständlich in dem Schrankschloss herum, damit ich noch ein bisschen länger als eigentlich nötig dort bleiben konnte. Am liebsten hätte ich freilich eine richtige Wasserschlacht mit ihnen gemacht, irgendwo an einem See, und dann ein Picknick auf einem Bauernhof, mit ganz vielen Tieren. Ich stellte es mir jedenfalls wunderbar vor, tagtäglich solche Kinder um mich zu haben und sie allmählich aufwachsen zu sehen.

Gerade als ich wieder unten war und mein Rezeptionsfenster aufschob, sah ich das drollige Japanerinnen-Trio vom Vortag durch die Eingangstür kommen, und zwar zusammen mit exakt den beiden japanischen Jungs, die gestern kurzerhand ihre Hauseinweisung übernommen und ihnen so aus der Patsche geholfen hatten, weil die Mädchen ja so gut wie kein Englisch verstanden. Die Fünf schienen den Tag miteinander verbracht und sich auch sonst schon ganz gut kennengelernt zu haben. Guck an, dachte ich belustigt, erfahrungsgemäß konnten zwar Menschen durch Fremdsprachenkenntnisse zusammenfinden, aber offenbar ebenso durch einen Mangel an denselben.

So um halb acht rum, als die Gruppen mit dem Abendessen allesamt längst durch waren, ging ich nochmal für eine Viertelstunde hinter in die Küche. Jorge war schon weg, nur Julia und Nang machten bloß noch den restlichen Abwasch und räumten auf.

„Tust du mir bitte einen Gefallen und bringst den Müll raus?", bat mich Julia. „Der komische Typ da am Container draußen ist mir unheimlich."

„Klar", nickte ich, knotete die Plastiktüte oben zusammen und zog schon mal den Beutel aus dem großen Kübel raus.

„Ach der Alte ist doch harmlos", beruhigte ich sie unterdessen. „Selber hab ich den bis jetzt zwar nur mal kurz von Weitem gesehen, so 'n dürres Opilein, aber laut Ricki und Klaas macht der keinen Ärger. Naja, ich werd mal trotzdem 'n Auge drauf werfen, besser ist besser."

Also stapfte ich raus auf den Hof, warf den schlaffen Müllsack mit Schwung in den großen Container und sah mir dann die Ecke dahinter mal etwas genauer an.

Unter dem Dachvorsprung an die Wand gelehnt, saß ein älterer Mann auf einem aus Palettenbrettern, Obstkisten und Decken improvisierten Lehnsessel und drehte gerade an den Reglern eines kleinen Transistorradios, aus dem es blechern plärrte: ,Ein Festivaaal der Liiiiebe soll unser Leben sein....'

Er trug lange schmutzige Hosen, sein flatteriges braunes Hemd war komplett aufgeknöpft und hing zu beiden Seiten an ihm herab, so dass man seine filzigen grauen Brusthaare auf der schwitzigen, geröteten Haut sah.

„Gott zum Gruße, Gevatter", rief ich aufmunternd, „na, alles klar?"

„Jaja, hm", brummte er hüstelnd und starrte in die Ferne.

„Wie siehts aus, willst du jetzt hier eigentlich länger bleiben und dein Lager aufschlagen, oder was ist der Plan?", erkundigte ich mich in neutralem Ton.

Er schielte nur schräg zu mir rüber und zuckte mit den Schultern.

„Naja, solange du keinen Stress machst und wir keine Klagen hören, sagt ja im Prinzip auch keiner was", gab ich ihm zu verstehen, und er zuckte wieder bloß mit den Schultern, nickte aber hinterher auch ein bisschen.

Oder wackelte er etwa nur sinnlos mit dem Kopf, vielleicht wegen der Musik? Neben ihm lagen irgendwelche Decken und Klamotten, weiter hinten stand ein Einkaufswagen mit zwei Taschen und ein paar Getränkedosen darin.

Mühsam entlockte ich ihm dann zwar doch noch ein paar belanglose Worte, aber so richtig gesprächig schien er nicht zu sein.

„Brauchst du noch was zu futtern?", wollte ich schließlich von ihm wissen.

„Wär nicht schlecht", krächzte er und lachte heiser, und ich sah seine schadhaften Zähne.

Ich ging zurück in die Küche und fragte Julia nach Essensresten.

„Na Bummi will das eigentlich nicht", meinte sie zögernd.

„Ach komm", versuchte ich sie zu überreden, „die Brötchen von heute früh isst doch sowieso kein Schwein mehr."

„Daraus kann man aber Semmelmehl machen", protestierte sie, schob mir jedoch gleichzeitig mit einem Lächeln den Brotkorb rüber.

„Und was ist mit den verunglückten Kohlrouladen-Ruinen von heute Mittag da?", hakte ich nach. „Die matschigen Dinger kannst du doch keinem mehr andrehen."

„Ja, die letzten zwei sind total auseinander gefallen", stimmte sie mir zu, „die kannst du nehmen."

Sie holte einen der leeren Plastikbehälter aus der Vorratskammer, füllte die zergangenen Kohlrouladen mit Soße da hinein und drückte mir das Ganze in die Hand, und ich brachte es zusammen mit Plastikbesteck und zwei Brötchen nach draußen zu Horst, sofern das denn tatsächlich sein richtiger Name war, der sich sofort hungrig darüber hermachte.

„Schmeckt!", rief er anerkennend nach den ersten Bissen und drehte die Musik etwas lauter, und ich blieb einfach noch einen Moment lang dort hinten in seiner Hofecke stehen. Aber nicht etwa wegen ihm, sondern weil gerade aus seinem klapprigen Radio der Refrain von ‚Wunder gibt es immer wieder‘ zu hören war.

„Ich mag Schlager!", rief Horst mir auf einmal voller Begeisterung zu und fing nun an, ganz vergnügt ein wenig mitzusummen, während er die dicke Soße genüsslich mit einem der Brötchen auftunkte.

Eigentlich ein richtig schönes Lied, dachte ich irgendwie plötzlich ein bisschen wehmütig, machte mich dann aber doch zügig auf den Weg zurück zur Rezeption.

Der Rest meiner Schicht verlief nicht weiter aufregend. Ich beantwortete ein paar touristische Fragen, gab mehrere Pflaster an einen Polen raus, der sich verdammt dicke Blasen an beiden Hacken gelaufen hatte, und checkte noch zwei Pärchen zusammen in ein Vierbettzimmer ein, die das vorher so mit Klaas bei der Reservierung am Telefon abgemacht hatten.

Meine Ablösung Ricki traf heute allerdings ein paar Minuten später als sonst ein, mit ziemlich schmutzigen Händen, und entschuldigte sich; ihm wäre nämlich die Kette am Fahrrad runter gesprungen.

„Kann passieren", erwiderte ich schulterzuckend, „mach dir erst mal die Flossen sauber. Ich habs nicht eilig."

Als er vom Waschraum zurückkehrte, wies Ricki verstohlen auf zwei Frauen im Foyer. Sie mochten beide so um die Dreißig sein, mit merkwürdiger Lockenfrisur, die eine trug einen seltsamen stonewashed Jeansrock und die andere einen Jeansanzug aus demselben gräulich-hellblauen Material.

„Die hässlichen Wachteln schlichen hier gestern schon den ganzen Abend lang rum", meinte er und senkte dabei die Stimme. „Sind von drüben, aus 'm tiefsten Sachsen, glaub ich. Als die spitzkriegten, dass wir auch Notbetten zum halben Preis haben, da wollten die mir gleich 'n Gespräch aufdrängen: *Ach, sagen Sie mal, gibts auch was verbilligt?* Echt, so richtige Ossi-Trullas, auf die man verzichten kann."

Er zog die Schublade auf und suchte ihre Anmeldekarten.

„Wenn ich die in ihrem scheiß Hosenrock schon sehe, also echt!", fluchte er dabei weiter. „Das abartigste Kleidungsstück aus dem abartigsten Material überhaupt, was die Welt je gesehen hat! Wie kann man sowas bloß anziehen, solange man noch unter hundert ist? Ich versteh das nicht!"

Kopfschüttelnd zog er zwei Karten heraus und hielt sie mir unter die Nase.

„Hier, guck, die sind aus Bitterfeld", flüsterte er und zeigte auf den Wohnorteintrag, „ist doch bestimmt irgend so 'n versalzener Acker. Da, wo nichts mehr wächst, nur noch Totentanz. Unfruchtbare Einöde, voll hinterm Mond. Brr, klingt jedenfalls schon so. Bitterfeld, der große Pestfriedhof. Oder weißt du, wo das liegt?"

„Wo das liegt, Mann?", grinste ich und unterdrückte ein Lachen. „Mensch, merke: Bitterfeld, das liegt nicht mehr in dieser Welt! Ich sage dir, da möchtest du nicht tot über 'm Zaun hängen!"

Und ich erzählte ihm etwas über die legendäre Umweltverschmutzung in der dortigen Umgebung durch das riesige veraltete Chemiekombinat.

„Komisch", wunderte sich Ricki, „hier in der Stadt sieht man jetzt zwar total viele aus 'm Osten, aber die kommen anscheinend alle bloß zum Einkaufen her. Für Touristik und Kultur geben die keine müde Mark aus, glaub ich, da wird eisern gespart."

„Tja", antwortete ich, „seit der Währungsunion Anfang des Monats müssen die sich erst mal an die D-Mark gewöhnen. Also dass das jetzt normal ist, im Alltag und so, meine ich. Die sehen das nämlich noch als kostbares Westgeld an, denke ich. So wie früher."

„Ja", stimmte er mir zu, „die sitzen bestimmt erst mal auf jedem Schein und wollen am liebsten gar nichts davon ausgeben. Außer für Fressen und Autos, natürlich."

Er steckte die Karten wieder zurück an ihren Platz und drückte die Schublade zu. Hoffentlich war es diesmal auch das richtige Fach, ging es mir dabei flüchtig durch den Kopf.

„Was ist eigentlich mit dem Typ am Müllcontainer?", fragte ich schließlich unvermittelt. „Weiß Jens überhaupt davon?"

„Von olle Horsti?", grinste Ricki und machte eine Kopfbewegung in Richtung Hof, und ich grinste ebenfalls.

„Na zumindest, dass da nachts einer pennt, ja", meinte er dann und nickte. „Klar, hab ich ihm erzählt. Und der Alte draußen weiß auch Bescheid, dass er sich zwar im Dunkeln da hinten in seiner Ecke aufhalten kann, solange er sich ruhig verhält, sich aber weiter vorne aufm Gelände nicht blicken lassen soll. Höchstens mal abends aufm Parkplatz, als Vogelscheuche für die Junkies. Jedenfalls, wenn er bettelt oder falls sonst irgendwelche Klagen kommen, dann fliegt er, und das weiß er."

„Na dann ist ja gut", brummte ich zustimmend, und ich wollte mich schon fast verabschieden, aber da fiel mir noch etwas ein.

„Sag mal", fing ich an, „wegen dem Überfall auf Helge damals, hast du da eigentlich jemals noch was gehört?"

Ricki sah mich an.

„Hm", machte er nachdenklich, „also merkwürdig kam mir das alles schon vor. Aber zu Helge hatte ich selber ja nur kurz Kontakt, und der ist mir schon ewig nicht mehr übern Weg gelaufen."

Er zuckte mit den Schultern.

„Keine Ahnung, ob Jens vielleicht mehr weiß", sagte er, „aber der lässt sich ja nicht in die Karten gucken."

„Ja, das war schon seltsam", nickte ich, „und die Bullen meinten ja auch, es gäbe viel zu viele Ungereimtheiten dabei. Überleg bloß mal, also das Geld aus der Kasse ist ja in der Nacht sowieso weggeschlossen, da war nichts zu holen. Aber dass in den Schubladen an den Karteikarten pro Einzelgast immer zehn Mark Schlüsselpfand hängen, was bei den damaligen gut siebzig Einzelgästen dann eben über siebenhundert Mark machte, das musste man erst mal wissen.

Und genau das Geld fehlte hinterher, obwohl es eigentlich ziemlich aufwändig ist und doch ganz schön dauert, jeden einzelnen Schein da extra abzupulen."

„Einerseits ja", pflichtete Ricki mir bei, „aber andererseits ist das mit dem Schlüsselpfand nun wirklich kein Geheimnis. Das kann jeder beobachten, der hier mal eincheckt oder auch bloß daneben steht und die Abläufe auskundschaftet. Oder morgens genauso, wenn du beim Auschecken den Ausweis und den Zehner, der mit 'ner großen, fetten Büroklammer an jeder einzelnen Karte hängt, an den Gast zurückgibst."

Er winkte ab. „Nee, wie gesagt, das ist bestimmt kein Geheimnis, das wissen Tausende. Und Junkies gehen garantiert das Risiko ein, dass die Aktion länger dauert, denen ist doch alles scheißegal, Hauptsache die kommen an ihren Stoff."

„Wahrscheinlich, ja", gab ich ihm recht. „Bloß in den Details soll sich Helge ja widersprochen haben, na und bei der Aussicht, mal eben siebenhundert Mark in fünf Minuten abzuräumen, also da wird so mancher schwach. Besonders wenn man eh immer knapp bei Kasse ist, und das war bei ihm ja definitiv der Fall. So wie er ständig rumgejammert hat."

„Wir werden es wohl nie erfahren", seufzte Ricki ein bisschen theatralisch und zog eine leidende Grimasse.

„Amen", erwiderte ich, hob die Hand zum Gruß und machte mich auf den Heimweg.

Manche in der Vergangenheit liegende Dinge wurden eben nicht automatisch dadurch klarer, dass man sie immer mal wieder hervorholte und erneut betrachtete und darüber brütete, dachte ich, und ich war plötzlich ungemein froh, dass mein Leben längst wieder frei und unbeschwert verlief, ohne irgendwelche großen, düsteren Geheimnisse, und dass ich gleich in eine saubere, gemütliche Wohnung kommen würde und heute Nacht nicht hinter einem Müllcontainer schlafen musste.

IV

„Die Revuegirls sind im Anmarsch", raunte Hausmeister Thoralf mir grinsend zu und wies verstohlen mit dem Daumen auf unsere beiden Schottinnen Maisie und Kendra, die gerade nebeneinander in Shorts die Foyertreppe herunterspaziert kamen und dabei ihre langen, nackten Beine tatsächlich beinahe ein bisschen wie in einer Bühnenshow präsentierten.

„Good morning, ladies", begrüßte ich sie und rief sogleich Renate über die Hauslautsprecher aus, dann bediente ich aber erst mal den Gast vor mir in Ruhe zu Ende, inklusive Wechselgeld und Frühstücksticket.

„Ich glaube, ihr sollt heute ganz oben im fünften und sechsten Stock Anbau mithelfen, weil da am Nachmittag 'ne neue Gruppe anreist", mutmaßte ich, „aber das wird euch ja Renate gleich selber ganz genau sagen."

‚Die Schottinnen', wie wir sie zuerst alle bloß nannten, weilten nun schon seit Anfang August in unserer Mitte, sozusagen, also sie wohnten und arbeiteten in der Herberge, und in diesen zwei Wochen hatten wir uns bereits ganz gut aneinander gewöhnt. Sie sprachen zwar kaum Deutsch, aber das machte ja nichts. Kendra war etwas üppiger, mit wuschliger Löwenmähne, und roch meist ziemlich intensiv nach Kokos, was wohl von ihrem Deo oder Duschbad oder Shampoo herrührte und mir eigentlich nicht so gefiel. Aber dafür war sie witzig und lachte oft. Die andere, etwas stillere, hieß Maisie und hatte glatte, schulterlange Haare, die sie allerdings mit einem Seitenscheitel trug. Was ihr einerseits trotz ihrer Mädchenhaftigkeit meist einen etwas ernsten Ausdruck gab, jedenfalls weniger den feenhaft-femininen Look, andererseits ihren Blick aber umso intensiver wirken ließ, wenn sie einen direkt ansah. Stille Wasser sind bekanntlich tief, dachte ich mir und schielte öfter mal zu ihr rüber. Denn außerdem hatte sie eine wirklich super Figur, das war nun einfach mal unübersehbar, besonders jetzt in der heißen Jahreszeit, in den knappen Sommerklamotten.

Domina Renate erschien drei Minuten später und nahm die beiden vorerst für ihr ‚Putzlappen-Geschwader' in Beschlag, ungefähr bis zum Mittag. Danach wären sie dann frei, und vielleicht würde ich mich später wieder mit ihnen treffen, wie schon öfter in den letzten Tagen.

Außer den beiden schottischen Mädchen hatten wir vor Kurzem übrigens noch zwei weitere neue Mitarbeiter bekommen: die Zivildienstleistenden Lars und Ingo. Endlich hatte es geklappt, denn wir konnten sie wirklich gut gebrauchen, und die beiden Jungs wiederum waren ganz froh, bei uns in der Jugendherberge gelandet zu sein anstatt irgendwo beim Rettungsdienst oder im Altersheim.

Zivi Lars war momentan dem Hausmeister zugeteilt, und Zivi Ingo half mir heute Vormittag an der Rezeption. Wenn er etwas besonders gut hingekriegt hatte, nannte ich ihn manchmal auch Bingo.

„Bevor ihr kamt, hat unsereins hier immer alleine wie so 'n achtarmiger Oktopus gewirbelt", stöhnte ich und lachte dabei, „ja das waren Zeiten! Hundert Einzelgäste abkassieren, gleichzeitig Karteikarten raussuchen und dabei telefonieren, nebenbei Schlüssel sortieren und Reservierungen im Plan eintragen und zwischendurch auch noch zur Waschmaschine oder auf die Etage rennen, weil mal wieder 'n Schloss klemmt - das schaffen eigentlich nur Helden!"

Jetzt dagegen brauchte ich mich im Prinzip bloß um das Einchecken zu kümmern und hatte ansonsten den Rücken frei, und das gefiel mir natürlich deutlich besser.

Ein neu angereistes Pärchen trat zu mir an die Rezeption heran, und da die beiden eine Reservierung hatten, suchte ich schon mal die Schlüssel raus, während sie in der Zwischenzeit die Anmeldekarten gleich vor mir am Tresen ausfüllten. Dabei bemerkte ich, wie sie ,Trinidad and Tobago' in die Länderzeile eintrugen.

„Waoh, da muss ich nachher erst mal im Atlas gucken, wo das eigentlich genau liegt", staunte ich, „das ist bestimmt 'ne Premiere, von da hatten wir höchstwahrscheinlich noch gar keinen bei uns."

Daraufhin schwärmten sie mir etwas vor von sonnigen karibischen Inseln und tropischen Tauchrevieren, und ich kassierte sie nebenbei ab und erklärte ihnen hinterher die übliche Prozedur, bis sie sich schließlich gemächlich auf den Weg zu den Gepäckschließfächern machten.

Nach ihnen checkte ich vier Mädchen ein, die anscheinend zusammen gehörten, zwei aus Australien und zwei ,Kiwis', mit denen ich ebenfalls ein bisschen Smalltalk machte, weil gerade niemand sonst auf Bedienung wartete. „Angenehme Kundschaft heute", meinte Ingo hinterher zu mir, und ich nickte. Denn vor allem hatte ich der einen hübschen Australierin eben herrlich lange in den Ausschnitt gucken können, was beim Ausfüllen der Anmeldekarten direkt vor mir am Tresen durchaus öfter mal passierte. Tief vornüber gebeugt und ganz aufs Schreiben konzentriert, befanden sich die Mädchen dort nämlich mit ihrem Oberkörper genau auf meiner optimalen Sichthöhe, so dass mir ihre luftigen T-Shirts nicht selten vollen Einblick gewährten und süßeste Äpfelchen präsentierten. Aber manche Dinge behielt man wohl besser für sich, bevor irgendwer sie am Ende noch übertrieb und dadurch ruinierte.

„Kann so bleiben", stimmte ich Ingo daher bloß lakonisch zu.

Zwischendurch steckten Nikki und Yolanda einmal kurz ihre Köpfe durch mein Fenster und lächelten mir zu, und es fühlte sich an, als wenn die Sonne für einen Moment hell und freundlich in die Rezeption scheinen würde.

„Du heiliger Bimbam, was geht denn jetzt ab!", stöhnte Ingo plötzlich entgeistert und zeigte auf den seltsamen Kerl, der mit wehendem Kittel die Treppe herunter und durchs Foyer nach draußen eilte. Das Merkwürdigste an ihm war jedoch die bunte, annähernd kürbisgroße Kugel auf seinem Kopf, die obendrein von einer orange blinkenden Rundumleuchte gekrönt wurde.

Verblüfft starrte ich dieser komischen Gestalt noch ein paar Sekunden lang durchs Fenster nach, bis sie draußen um die Straßenecke bog und damit gänzlich aus meinem Blickfeld verschwand.

„Nanu, was war denn das für 'n Schreckgespenst?", lachte ich kopfschüttelnd, und Ingo und ich sahen uns an.

„Aah, von dem kaputten Typ hat mir Lars schon erzählt", dämmerte es Ingo auf einmal, „genau, das ist der! Mit seinem Pappmacheé-Globus auf der Birne, oh Mann! Mensch, der kam gestern Nachmittag an, gerade als du weg warst. Bleibt noch bis übermorgen und will zu irgendwelchen Umwelt-Demos. ‚Die Welt ist in Gefahr' steht auf seiner Kugel, oder irgend sowas. Der ist aus Stuttgart, glaube ich."

„Naja, immerhin war das bestimmt 'ne ziemliche Bastelarbeit, das muss man ihm lassen", gab ich spöttisch zu bedenken. „Obwohl, das muss ja wohl auch mächtig aufs Gehirn drücken, das ganze Gewicht."

„Ach hör bloß auf", witzelte Ingo belustigt, „hast du nicht gesehen? Echt, das Strichmännchen ist doch fast zusammengebrochen unter seinem elektrisch verkabelten Straußenei!"

Er tippte sich an die Stirn.

„Gestern soll er wie so 'n Messias draußen auf der Wiese gesessen und die Mädels um sich herum vollgequatscht haben", fuhr er fort, „hat zumindest Lars so berichtet. Das Ozonloch, das uns alle bald zerstrahlt, Tschernobyl und alte Giftgasmunition in der Ostsee, die demnächst hochblubbert, das ganze geballte Horrorinferno. Die Girls hingen vor Angst schlotternd an seinen Lippen, wahrscheinlich ist das alles bloß seine Masche."

„Bingo, Ingo, so siehts aus", gab ich ihm recht *(wobei ich das letzte Wort eher wie ,au-ess' klingen ließ, denn das hörte sich irgendwie cooler und gleichzeitig auch endgültig an, fand ich)*, und in dieser Manier lästerten wir noch eine Weile genüsslich weiter.

Später erschien ein älterer Herr aus Rumänien, oder eigentlich aus Siebenbürgen, wie er angab, und erkundigte sich höflich, ob er hier bei uns ,Quartier machen' könnte. Zwar sprach er leidlich Deutsch, jedoch redete er wie jemand aus dem 17. Jahrhundert, und er war auch so gekleidet, mit Filzhut, einer Art Cordjacke oder Trachtenjanker, und altertümlichen Kniehosen. Außerdem hatte er noch einen richtigen urigen Rucksack dabei und keine dieser modernen Rückentragen mit Alugestell. Jedenfalls hätte er glatt einem Märchenfilm entstiegen sein können, der ,Räuberhauptmann aus Transsilvanien' oder sowas. Ich fand das insgesamt ganz lustig, und in einem launenhaften Anflug von Großzügigkeit rückte ich für ihn ausnahmsweise sogar den Schlüssel für ein noch freies Einzelzimmer mit eigenem Bad raus.

„War das dein Opa, oder was?", wollte Ingo hinterher grinsend von mir wissen, „oder warum verwöhnst du den so?"

Ich zuckte mit den Schultern.

„Kommt doch selten genug vor, dass wir tatsächlich mal 'n Einzel- oder Doppelzimmer frei haben", antwortete ich, „normalerweise sind die ja alle schon für Busfahrer und Gruppenleiter verplant. Aber heute ist eben sein Glückstag. Ich glaube nämlich nicht, dass der alte Karpatenförster sein Lebtag lang überhaupt groß was an Luxus gesehen hat. Also gönnen wir ihm doch ruhig mal was!"

Ich wies mit dem Daumen ins Foyer und grinste zu Ingo rüber. „Oder hätte ich etwa den elektrifizierten Wasserkopf von vorhin da reinstecken sollen?", fragte ich ihn. „Die wandelnde Baustellenleuchte? Hm, was meinst du?"

Um Viertel vor zwölf kam Renate die Treppe runter ins Foyer, um sich Wäschenachschub für die Etage zu holen, und bei der Gelegenheit blieb sie auf einen Schwatz bei mir an der Luke stehen. Übrigens nannte sie mich jetzt meist nur noch Snäkie, denn Snake King war ihr wohl doch zu lang, und außerdem passte Snäkie wohl auch besser zu Ecki.

Ich erwähnte den Globusmann, und natürlich wusste sie sofort Bescheid.

„Jetzt spukts im Haus, dachte ich erschrocken, als ich den das erste Mal oben übern Gang hab taumeln sehen", spottete sie, „aber das ist bloß 'n harmloser Irrer. Wahrscheinlich Rinderwahnsinn, einfach nur 'n weiteres Opfer."

„Fragt ihn doch mal", meinte Ingo grinsend, „ob er sich nicht heute Abend einfach neben die Snakebar stellen will, mit Alufolie um seinen Globus, so als Discokugel, da könnte der Kasper ja vielleicht für Unterhaltung sorgen."

Renate blieb noch ein bisschen stehen und begann uns ihr Leid zu klagen, zwei ihrer Etagenkräfte wären nämlich mal wieder krank, aber wenigstens hätte sie ja nun die Schottinnen vormittags als Verstärkung bekommen.

„Bloß gut", meinte sie, „immerhin", und dann zog sie so richtig vom Leder.

„Mit den Jugos gibts nur Ärger, echt", stöhnte sie hinter vorgehaltener Hand, „ständig Probleme, wie letzten Monat mit Rada, das war die Krönung."

Natürlich kannte ich die Geschichte längst, Rada hatte sich krankschreiben lassen und war zu ihren Eltern nach Jugoslawien geflogen, aber eine Kollegin hatte sie verpfiffen, und aufgrund der Einreisestempel im Pass sowie des nachweislich bereits vorab gebuchten Flugtickets bedurfte es auch keiner weiteren Diskussion mehr und sie war entlassen worden.

Ich erwiderte nichts auf Renates Tiraden, mir kam bloß Milana in den Sinn, mit Dreißig schon fünf Kinder, aber ohne Ausbildung, sie fehlte ja auch andauernd in der Küche. Vielleicht trafen Klischees eben manchmal doch zu? Andererseits gab es bekanntlich immer Ausnahmen, und kein Mensch war verdammt dazu, stur wie ein Automat irgendwelchen vorprogrammierten Anweisungen folgen zu müssen, egal ob nun von innen oder von außen.

„Dagegen die Thais und Filipinas, die sind alle fleißig wie die Bienen", war Renate nun des Lobes voll, „alle durch die Bank! Guck sie dir an, ehrlich! Auch die Neue, Flora, wieder nur so 'ne winzige Filipina-Ballerina, so 'ne halbe Portion, aber arbeiten tut die wie 'ne Eins!"

Kaum hatte sie ihren Vortrag beendet, erschien Zivi Lars mit ,Master of the House' Thoralf, in dieser Reihenfolge, denn Lars war um die eins neunzig groß, mit einer Figur wie ein Preisboxer. Und schon war auch seltsamerweise die kleine Julia aus der Küche zugegen, beinahe als ob sie es geahnt hätte. Egal wo Zivi Lars auftauchte, scharwenzelte sie um ihn herum, fiel mir nicht zum ersten Male auf. Gleich an seinem zweiten Tag, als er mit Thoralf zusammen hinten in der Küche die schleifende Kellertür ausgebaut und instand gesetzt hatte, da war es um Julia wohl schon geschehen. Seitdem hingen ihre Augen jedesmal schmachtend an ihm, wenn er an der Essensausgabe vor ihr stand und sie ihm den Teller mit der Extraportion über den Tresen reichte.

Natürlich wäre sie diesmal eigentlich nur zum Geld wechseln nach vorn an die Rezeption gekommen, erwähnte sie beiläufig, sie wollte sich nämlich bloß schnell was Süßes aus einem der Automaten holen. Wer 's glaubt, dachte ich. Jedenfalls schien sie sich ziemlich in Lars verguckt zu haben, obwohl er fast das Dreifache von ihr war und seine Arme ungefähr ihren Oberschenkeln entsprachen. Auch Renate, gut doppelt so alt wie er, geschieden und nicht mehr ganz taufrisch, sprühte in seiner Gegenwart nun plötzlich vor Charme und nannte ihn immerzu ,mein Schlingel, du'. Da wurde unsere herbe Domina auf einmal ganz soft und schmusig, bis hin zur Albernheit, und rief ihrem ,Schlingel' kichernd immer wieder ,Lars vom Mars, watt denn, das wars?' zu. So als wollte sie ihn necken und am liebsten zu irgendwelchen zarten Handgreiflichkeiten verleiten.

„Ist ja wie im Kindergarten", brummte Ingo schließlich und verdrehte die Augen, „ich geh essen."

„Ich bin dabei!", verkündete ich, und auch Julia, die sicherlich in der Küche schon längst wieder gebraucht wurde, schloss sich uns an. Aber erst, nachdem sie noch einen letzten sehnsüchtigen Blick in Richtung Lars geworfen hatte.

„Halt mal 'ne Viertelstunde alleine die Stellung", bat ich Ingo nach dem Mittagessen, denn der Anrufbeantworter sollte neu besprochen werden, unter anderem, weil sich wegen des Faxanschlusses die zweite Telefonnummer, an die all jene Anrufer ohne aktuelle Buchungsanfragen verwiesen wurden, intern geändert hatte. Jens war der Meinung, ich würde das mit dem Aufsprechen schon hinkriegen, auf Deutsch und Englisch, und überließ mir großzügig die Angelegenheit. Schließlich hätte ich das ja beim letzten Mal auch schon bestens erledigt. Also setzte ich mich nach nebenan ins leere Büro und schrieb mir zunächst einen geeigneten Text vor, nicht zu lang, damit er noch auf das Band passte, und sprach ihn dann dreimal probeweise durch, zwecks Betonung und Intonation und auch, um die Zeit zu stoppen. Wobei mir erst jetzt auffiel, dass die besagte zweite Telefonnummer, die mit einer Sechs begann und danach fast ausschließlich aus lauter Neunen und Nullen bestand, sich in dem englischen Teil der Ansage für deutsche Ohren nun ungefähr so anhörte: ‚please call sex - nein - nein - oh - nein – oh – oh - nein'. Denn bekanntlich sprach man eine Null im Englischen bei Zahlenreihen nicht ‚zero', sondern ‚oh' aus.

Na das ist ja schon mal der Hammer, freute ich mich insgeheim, nun brauchte ich bloß noch eine dezente Hintergrundmusik dafür. Ich erinnere mich nicht mehr genau, für welchen Titel ich mich am Ende eigentlich entschied, ich meine es war ein Stück von einer Kassette mit älteren Jazzaufnahmen, die Klaas gehörte und die ich besonders in letzter Zeit schon einige Male durchlaufen lassen hatte. Zumindest war es etwas ohne Gesang, denn es durfte ja die Ansage nicht stören. Na egal, auf jeden Fall klimperte am Anfang ein Piano, ganz klassisch wie an der noblen Bar, und später setzten Bläser ein, Tenorsaxofon und Trompete, glaube ich, mit ordentlich Power.

Wie erwartet ging der erste Aufnahmeversuch schief, und der zweite ebenfalls; vor allem die Synchronisation war das Problem, also das gleichzeitige Einschalten von Anrufbeantworter und Kassettenrecorder und das Sprechen im richtigen Tempo. Aber beim dritten Mal klappte es, und nachdem ich die neue Ansage gleich selber erst mal zur Sicherheit abgehört hatte, kehrte ich zu Ingo in die Rezeption zurück.

„Es ist vollbracht!", meldete ich Vollzug. „Na los jetzt, Kleiner: Ruf mich an!"

Ingo tat wie ihm geheißen, und schon bald grinste er, den Hörer am Ohr, und dann lachte er richtig los.

„Mensch, das mit dem ‚oh nein nein oh nein!' bei der Telefonnummer, das ist ja schon zum Brüllen", rief er begeistert, „aber wie die Fanfaren dann im Hintergrund so richtig losröhren, ausgerechnet genau an der Stelle 'sorry, we are fully booked', das ist echt klasse! Wie bei so 'nem Triumphmarsch, tatataaa! Pech gehabt, ausgebucht! Die ganz lange Nase!"

„So muss es sein!", bestätigte ich mit ernster Miene und ging nach hinten zu Jens, der nach einem kurzen Testanruf ebenfalls zufrieden nickte. Immerhin, die eigentliche Botschaft war ja auch klar und deutlich zu verstehen, und darauf kam es letztendlich an.

Gegen halb zwei begann es nebenan zu rumoren, denn Elvira, eine der Etagenfrauen, hatte sich bereit erklärt, die Snakebar gelegentlich schon mal nachmittags oder auch abends für ein paar Stunden aufzumachen, wenn auch vorerst nur sporadisch und bloß solange, bis die Cousine von Nikki dann im September regulär anfangen und dauerhaft übernehmen würde. Aber so lief der Laden wenigstens probeweise an, und man konnte vielleicht ein paar Erfahrungen für die spätere Warenbestellung sammeln.

Als Klaas dann kam, gab ich eine Runde alkoholfreies Bier aus, einfach so, für ihn und Ingo, und Klaas steckte dazu noch schnell eine seiner Kassetten, die er eben frisch mitgebracht hatte, in den Recorder, so dass wir drei bei der Schichtübergabe fast wie auf einer Party miteinander plauderten, jeder locker mit seinem Fläschchen in der Hand, im Takt der Musik wippend.

„Sag mal, was is 'n das eigentlich für 'n Sound?", fragte ich Klaas und deutete auf den Kassettenrecorder. „Ich weiß ja, du hörst oft altes Zeug, Sixties und so, und ‚Girl of Ipanema' kenn' ich auch noch gerade so, aber das? Obwohl, klingt auch nicht schlecht. Hat was, echt."

„Petula Clark, Downtown", antwortete Klaas, „und danach, ähm, Dingens, na mir fällt ihr Name grad' nicht ein, ‚These Boots Are Made for Walkin'."

„Hm, na lass doch das Tape heut Abend mal hier", bat ich ihn, „damit ich die nächsten Tage da mal reinhören kann."

Klaas nickte, ich trank mein Bier aus, und damit war ich erlöst für heute.

Am Nachmittag hatte ich mich gleich nach der Arbeit lose mit den Schottinnen verabredet, wir wollten uns erst mal hinten auf der Liegewiese treffen, und dann vielleicht weitersehen.

Ich ging raus auf den Hof und blickte mich um, Maisie und Kendra waren noch nicht da. Von der einen Seite hörte ich Deep Purples ‚Sweet Child in Time' über die Liegewiese herüberwehen. Auf der anderen Seite, hinten im Schatten, hockte Arthur Morris mit zwei Jungs und gab tatsächlich mal jemandem Gitarrenunterricht, so wie es aussah. In der Ecke spielten zwei Mädchen Tischtennis.

Hausmeister Thoralf schien mir gefolgt zu sein, bemerkte ich plötzlich, er wollte wohl hier vor der Tür eine Raucherpause einlegen.

„Der ist mir letztens auch schon zur Hand gegangen", nuschelte er, zündete sich neben mir eine Zigarette an und deutete dabei in Richtung Arthur Morris. „Ganz patenter Bursche, eigentlich."

„Ja, für 'ne Übernachtung im Fernsehraum, plus Frühstück und Mittag, da macht der das gerne, oder?", erwiderte ich, und Thoralf nickte. Jens wäre damit einverstanden gewesen, angeblich weil Zivi Lars an dem Tag frei hatte, so Thoralfs Begründung. Meiner Einschätzung nach war es dabei aber hauptsächlich darum gegangen, dass Thoralf sich von seinem Adlatus stets etwas hinterhertragen lassen konnte, um möglichst wichtig zu erscheinen. Der Hausmeister alias ‚Master of the House', immer standesgemäß mit Gefolge erscheinend.

„Junge, Junge, neben dem Rasensprenger, da liegen die Gartengeräte alle im Gras, sauber aufgereiht, eine nach der anderen", murmelte Thoralf halblaut mit Blick auf die sechs oder sieben Bikinimädchen.

„Dann ist das ja eigentlich gar kein Rasensprenger, sondern mehr so 'n Körpersprenger", entgegnete ich lapidar und erwähnte den älteren Schweizer, der neulich ganz verstört zu mir an die Rezeption gekommen war, um von seinem Spaziergang durch den Tiergarten zu berichten.

„‚Da sind ja lauter Nudischten!' hat der mit schreckgeweiteten Augen gekeucht", schilderte ich Thoralf die Episode, „ich hab den erst gar nicht verstanden und musste dreimal nachfragen: ‚Was ist da?' - ‚Na Nudischten!' - ‚Hä?' - Na Nackerte!', bis ich es endlich begriffen hatte."

Bei der Erinnerung daran musste ich gleich wieder lachen.

„'Ach so!', hab ich gesagt, ‚Exhibitionisten, Gliedvorzeiger, oder was? Nudisten, tja, da im Tiergarten sonnen sich eben viele nackt, das stimmt, das ist da so.' Der war jedenfalls fix und fertig."

Belustigt schüttelte ich den Kopf, aber Thoralf hatte mir gar nicht zugehört.

„Ja, guck doch", flüsterte er nervös, „da links, die Eingeölten, die sind doch schon", er hüstelte, „korrekt aufbereitet!"

„Mhm", gab ich ihm recht, „sieht tatsächlich so aus. Es ist angerichtet, sehr lecker. Absolut."

„Verflucht nochmal, ich leg mich gleich daneben", raunte Thoralf mir zu und brachte dann den uralten blöden Spruch: „Die Sonne scheint mir auf 'n Penis – scheen is."

Grinsend zog er an seiner Kippe, und wir schwiegen einen Moment.

Jetzt wurde die Hofseite mit ‚Here I go again' von Whitesnake beschallt, registrierte ich, und dann lief CCR mit ‚I put a spell on you'. Der Typ mit dem Recorder hatte durchgängig guten Sound, das war mir letztens schon aufgefallen. Ein Ami, wenn ich mich recht erinnerte, seine Karteikarte steckte in einem der Viererzimmer vom zweiten Stock. Abends hatte ich ihn hier draußen manchmal schon gesehen, er war dann stets von etlichen hübschen Mädchen umlagert.

„Was ist eigentlich mit dem Penner da hinten?", riss Thoralf mich aus meinen Gedanken.

„Mit Horst, meinst du?", vergewisserte ich mich und lachte.

„Ach, der wurschtelt bloß immer so vor sich hin", gab ich Auskunft. „Ricki meinte letzte Woche, dass er gesehen hat, wie Horsti voll im Knatter Teppichreste aus dem Container rausfischen wollte, für seine Unterlage oder was, und dass er dabei in seinem Delirium reingekippt ist, voll in den Müll. Treffer und versenkt, sauber verklappt. Ricki kam gerade dazu, als er wieder rauszuklettern versuchte, seitwärts wie so 'n alter Taschenkrebs. So hat er 's mir berichtet."

In dem Moment erschienen Kendra und Maisie, und Thoralf nickte ihnen flüchtig zu, drückte seine Kippe aus, grinste mich noch einmal kurz an und ging seines Weges.

„Hey Nathan!", rief Kendra gleich fröhlich zu dem Ami mit der Musik rüber und winkte ihm von Weitem, kaum dass die beiden Mädchen mir überhaupt

‚Hallo' gesagt hatten, und er winkte zurück, und schon einen Moment später saßen wir neben ihm im Gras.

„Ist ja wie auf 'm Rockfestival hier", murmelte ich, und so kamen wir ins Gespräch, und als dann gerade auch noch Arthur Brown's Kingdom Come mit 'Sunrise' anlief und Nathan dieses eigentlich kaum über Fankreise hinaus bekannte Meisterwerk bloß prägnant mit ‚most underrated' kommentierte, was völlig meiner Meinung entsprach, da war ich schon ein wenig beeindruckt. Allein diese Orgel, und diese Stimme!

Nathan kannte sich aus, keine Frage.

Ich ließ mich ins Gras fallen, blinzelte noch einmal in den blauen Himmel, schloss dann gänzlich die Augen und lauschte der Musik. Dylans ‚Mr. Tambourine Man' lief als nächster Song. Ich war angekommen, dachte ich. Denn so hatte ich mir den Westen für mich persönlich doch immer ausgemalt: Sommer, Sonne, Musik, umgeben von hübschen Mädchen und sympathischen Typen. Sorgenfrei, no worries, alles stimmte. Ich war gesund und frei, und auch morgen würde es so sein, und um übermorgen musste ich mir jetzt noch nicht den Kopf zerbrechen.

Etwas später stieß Ingo, der nun ebenfalls Feierabend hatte, zu unserer Runde, und er brachte den Vorschlag auf, am Abend ins Freilichtkino zu gehen, in einen amerikanischen Film, Originalfassung mit deutschen Untertiteln.

„Ideal zum Deutsch lernen", meinte er und sah die beiden Schottinnen auffordernd an, „ist praktisch 'ne Pflichtveranstaltung für euch", und da sie schließlich nickten, stand unser Abendprogramm fest.

Am nächsten Morgen stand ich wieder pünktlich zur Frühschicht auf der Matte, Rickie erwartete mich schon.

„Na aber holla, die Tagesschönste hier würde ich doch gerne mal ins Gemach bitten", rief er ganz verzückt und streckte mir sogleich einen Herbergsausweis entgegen, kaum dass ich überhaupt zur Tür herein war.

Neugierig betrachtete ich das Foto. Eine Brünette. Hübsches Gesicht, offenbar dezent geschminkt, mit verführerischem Lächeln.

„Mh, sehr adrett", erwiderte ich anerkennend. „Jasmin aus Wien also. Aha, na sowas aber auch."

„Ja, nachts um eins hab ich die reingelassen", berichtete er aufgekratzt, „hat vor der Tür aber erst noch ewig mit so 'nem Typen rumgeknutscht."

Ich gab ihm den Ausweis zurück.

„Genau mein Ding, schlank und vollblusig", murmelte er, und dann lachte er über seinen anscheinend unbeabsichtigten Versprecher.

„Die hier nicht", meinte er, zog eine Grimasse und zeigte mir das nächste Foto. „Keine Laufstegkandidatin, nicht mal römisch III. Eher Doppel-V."

Ich wusste mittlerweile, dass das sein Code war für: ‚Wer mit der verkehrt, der ist verkehrt.' Er hatte sich ja ein ganzes System von schrägen Klassifizierungen und Abkürzungen zurecht gelegt. Offenbar waren die Nachtschichten wirklich verdammt langweilig.

„Na zeig mal trotzdem", rief ich auffordernd und kriegte dann ziemlich genau das zu sehen, was ich erwartet hatte. Ein armes, stark übergewichtiges Hascherl mit strähnigen Haaren.

„Manche denken ja vielleicht, es ist bei den Menschen so wie zwischen den Planeten, also dass sie allein schon aufgrund der von ihnen ausgehenden Schwerkraft irgendwie anziehend wirken", lästerte Ricki und grinste mich an.

„Mann, sind wir fies", grinste ich zurück, schüttelte dann aber den Kopf.

„Ey, das ist gemein, wir sollten das nicht tun. Ist nicht gut fürs Karma."

Nachdem Ricki sich davongemacht und ich meine übliche Morgenroutine absolviert hatte, holte ich mir schnell noch einen Kaffee aus der Küche, bevor ich die Luke an der Rezeption öffnete und allmählich die ersten Gäste, die ihren Aufenthalt um eine weitere Nacht verlängern wollten, abzukassieren begann. Es bildete sich dann doch recht bald eine kleine Schlange, aber als

Ingo zur Verstärkung eintraf und mir das Telefon und ein paar der anderen Arbeiten abnahm, lief alles wie am Schnürchen, ruhig und entspannt.

Die Schottinnen Kendra und Maisie fanden sich pünktlich an der Rezeption ein und wurden sogleich von der ‚Oberputze' Renate zur Arbeit auf der Etage eingeteilt, wobei sie uns auch darüber informierte, dass die Kolleginnen ihres ‚Geschwaders' schon wieder blutige Spritzen in zwei Toilettenkabinen gefunden hätten. Entweder wären über Nacht Junkies im Haus gewesen, meinte sie, oder sie hätten sich irgendwann am Abend einfach mit reingeschlichen. Jedenfalls sollten wir es auch an die Spätschicht weitergeben.

Anschließend bat mich ein junger Ire um eine Kopfschmerztablette. Ich erklärte ihm zuerst, dass wir das eigentlich nicht so gerne machten, wegen Allergien und ähnlicher Sachen, schließlich waren wir keine Apotheke. Denn sowas konnte im Extremfall böse enden und uns viel Ärger einbringen. Doch bei ihm war die Ursache wohl eindeutig, wie er bekannte: "Simply too much German beer yesterday."

Also holte Ingo eine Aspirin aus unserem Wandschrank, gab sie ihm und wünschte gute Besserung.

Als nächster Kandidat tauchte Nathan am Tresen auf, Mister Music Man persönlich, er vermisste nämlich leider sein Frühstücksticket.

Verloren, verlegt, verbummelt, was auch immer.

Ich riss einen der kleinen Zettel vom Notizblock neben der Kasse ab und schrieb darauf:

1 x Frühstück,
exquisit bitte,
mit Sekt & Kaviar

Darunter zeichnete ich eine schöne, gewundene Schlange mit einer zackigen Krone auf dem Kopf, und daneben standesgemäß in Schönschrift ‚Ecki I'.

„Das soll klappen?", fragte Nathan zweifelnd.

„You bet!", erwiderte ich und zeigte ihm den Daumen.

Darauf kannst du wetten!

Schließlich ergab sich heute auch die Gelegenheit, den Globusmann in seinem fast knöchellangen, schwarzen Musketier-Umhang etwas näher in Augenschein zu nehmen, denn er stand in voller Montur eine ganze Weile im Foyer herum und wartete anscheinend auf irgendwen oder irgendwas. Die Erdkugel auf seinem Kopf war wohl aus Pappe, wie es aussah. Vielleicht hatte er einen Luftballon aufgeblasen, überlegte ich, und den dann mit Pappmaché bekleistert und bunt angemalt? Eine Art Schärpe mit der Aufschrift ‚DANGER!' und dem schwarz-gelben Warnzeichen für Radioaktivität war schräg umlaufend daran befestigt, und ganz oben auf der Konstruktion thronte eine kleine, orange blinkende Rundumleuchte, anscheinend Marke Eigenbau. Ingo ging schließlich zu ihm rüber und wollte kurz mit ihm reden, aber der degenlose Zorro ließ ihn abblitzen und meinte, er müsste jetzt los zur Demo und wäre sowieso schon spät dran, und kurz darauf setzte er sich in Bewegung und schritt zügig von dannen.

Als alle Gäste aus den Etagen raus waren, legte ich den Kassettenrecorder flach auf den Einschaltknopf der Hauslautsprecheranlage, so dass das Mikrofon dauerhaft eingeschaltet blieb, und ließ Musik laufen, und zwar die Kassette von Klaas mit den alten Songs. Vorher machte ich noch die Ansage: "For all the sweet working girls on the floors, this is for you. Für alle fleißigen Kolleginnen auf den Etagen!"

Dann legte der DJ auf und brachte den Laden zum Rocken, angefangen mit Aretha Franklins 'I Say A Little Prayer' über 'Walk On By' von Dionne Warwick und Otis Redding mit 'Sittin' On Dock Of The Bay' bis hin zu 'California Dreamin' von The Mamas & The Papas', lauter softes Zeug aus den Sixties. Das würde ihnen bestimmt gefallen, hoffte ich, aber natürlich durfte man es auch nicht übertreiben. Nicht, dass sich doch noch jemand aufregte, denn irgendein Spielverderber war ja leider meistens dabei.

Ingo, der nebenan im Büro gerade ein paar neue Reservierungen eingetragen hatte, kam zu mir nach vorn und brachte den Belegungsplan zurück, den er sich kurz zuvor stibitzt hatte.

"Unglaublich!", meinte er erstaunt, "ich hatte eben einen am Telefon, der rief aus Kanada an, wegen 'ner Gruppe im Oktober, der hörte sich wirklich glasklar an, wie wenn er hier aus 'm Haus anruft. Und 'ne Viertelstunde vorher, da war einer aus Ostberlin dran, den konnte ich kaum verstehen.

Das brummte und rauschte, als wär der zehntausend Kilometer entfernt und nicht bloß drei oder vier."

"Tja, Ende der zwanziger Jahre hatte Berlin die höchste Telefondichte der Welt, hab ich neulich im Museum gelernt", gab ich ein bisschen mit meinem frisch aufgeschnappten Wissen an, "fast 'ne halbe Million Anschlüsse. Aber dann nach dem Krieg, Anfang der fünfziger Jahre, da hat der Osten so gut wie alle Leitungen in den Westen gekappt, und seitdem ist der ganze Kabelsalat marode, das Telefonnetz nur noch rostiger Draht. Da gibts jetzt verdammt viel aufzuräumen und auf Vordermann zu bringen, kannste glauben!"

„Nun, Ost- und Westdeutsche müssen eben erst wieder lernen, miteinander zu kommunizieren", predigte Ingo darauf feierlich mit pastoraler Grabesstimme, woraufhin ich mich mit meinem Bürostuhl zu ihm umdrehte, theatralisch den Arm hob, den Finger auf ihn richtete und erwiderte: "Mönsch Junge, da hat er aber watt jesacht!"

"Ja, also immer schön auf Draht bleiben, sozusagen", bekräftigte Ingo grinsend. "Egal ob am Telefon oder sonstwo."

"Dein Wort in Gottes Ohr, Bruder Quatschkopp!", antwortete ich und nickte, denn da waren wir uns natürlich einig.

Der Rest der Schicht ging dann wie im Fluge vorbei.

Höchstens das Einchecken von zwei Japanern gestaltete sich insofern noch einmal zu einer kleinen Herausforderung, als dass zunächst kaum in Erfahrung zu bringen war, ob sie nun bloß ‚for tonight', also nur diese eine Nacht, oder für zwei Nächte, ‚for two nights', bleiben wollten. Ich musste mehrere Male nachfragen und verstand sie immer noch nicht, erst als ich die Finger zu Hilfe nahm, klappte es schließlich. Aber das waren wir ja gewohnt.

Außerdem hatte Ingo kurz darauf noch einen Japaner mit einer Reservierung am Telefon, der zur Jugendherberge kommen wollte und um eine Wegbeschreibung bat, und als Ingo ihn fragte, von wo aus genau, also wo er sich denn gerade befände, da kriegte er zur Antwort: ‚Och, I am at, och, at Berliner Bank'. Was Ingo natürlich losprusten ließ, denn es gab so einige Filialen der Berliner Bank in Berlin...

Gegen Mittag statteten uns Nikki und Yolanda wieder einen Kurzbesuch ab und bedankten sich für die angenehme Hausbeschallung.

„Very nice music", lobten sie und lächelten wirklich ganz lieb dazu.

Anschließend ging ich zum Essen in die Küche, und nach mir Ingo desgleichen, und als Klaas gegen Viertel vor zwei zur Übergabe kam, machten wir uns zu dritt noch ein letztes Mal ausgiebig über den Globusmann lustig, es war einfach zu verlockend.

„Das war Wilhelm Tell mit 'm Kürbis auf 'm Kopp!", japste ich schließlich schon ganz kaputt vom vielen Lachen über all die witzigen Anspielungen, worauf Klaas bloß trocken den Schlussakkord setzte und erwiderte: „Bollocks, nein! Sein Stilberater hat ihm im Hutladen mal empfohlen, er soll sich 'ne Melone aufsetzen, und das hat er wörtlich genommen."

Damit ließen wir es dann aber auch gut sein, und ich beeilte mich, endlich raus an die frische Luft zu kommen.

Denn ich war ja mit Maisie und Kendra verabredet und wollte sie keinesfalls warten lassen.

Ich hatte ein paar Mandeln zum Knabbern eingepackt und hielt den beiden die Tüte hin. Maisie nahm welche, aber Kendra lehnte ab.

„Komisch", sagte ich, „und dabei heißt es doch immer: ,Almonds are the girls best friends'..."

Zuerst fuhren wir zum Gleisdreieck, wo wir in diese supermoderne, führerlose Magnetbahn umstiegen. Es existierten bislang zwar nur drei Stationen dafür, aber weil die Strecke noch im Probebetrieb lief, war das Mitfahren immerhin kostenlos. Also ließen wir uns ein bisschen umherkutschieren und blickten dabei auf die Stadt herunter, und zum Schluss schrammten wir mit dem Unterboden unserer Kabine sogar beinahe noch an der Mauerkrone entlang, zumindest kam es uns so vor.

Das war doch schon mal ein gelungener Auftakt, fanden wir.

„Berlin ist sowieso eine verrückte Stadt!", verkündete ich hinterher, als wir wieder auf festem Boden standen. Denn allein schon, dass die Ostberliner U-Bahn streckenweise eben nicht im Untergrund, sondern auf Stelzen hoch oben über der Straße fuhr, während ein Stück weiter die Westberliner S-Bahn zur gleichen Zeit unterirdisch durch lauter zugemauerte Geisterbahnhöfe rauschte – das war doch irgendwie paradox. Eine verkehrte Welt, nicht wahr?

Aber heute stand zunächst der sogenannte Polenmarkt am Potsdamer Platz auf unserem Programm, den wir von der Kabine der M-Bahn aus bereits entdeckt hatten. Er war ja auch unübersehbar. Auf der riesigen Brachfläche boten zehntausende polnische Händler so ziemlich alles zum Verkauf an. Ihre Nylontaschen und Pappkartons mit Klamotten, Werkzeug und Lebensmitteln standen einfach auf dem sandigen Boden, bei Regen auch im Matsch neben den Pfützen. Stände gab es so gut wie keine, höchstens mal einen Klapptisch. Wir schlenderten eine Weile umher. Kendra kaufte eine bunte Bluse und ich eine Räucherwurst und zwei Flaschen polnisches Bier sowie einen Zollstock als Geschenk für meinen Nachbarn, der sich letztens meinen ausgeborgt hatte. Es war billig genug, ich versuchte erst gar nicht zu handeln. Nebenbei schilderte ich Maisie und Kendra, wie ich gleich nach dem Abitur beim Trampen durch Polen fast zweihundert Kilometer am Stück von einem Pärchen mitgenommen worden war, zusammen mit einem Freund, bis sich herausstellte, dass die Frau ebenfalls nur eine Anhalterin war, die uns dann zu sich nach Hause einlud.

„Da war die ganze Familie, es wurde gekocht und aufgetischt, und weil uns die Oma so nett fand, haben wir uns am nächsten Tag die Stadt angeguckt und danach auch noch bei der alten Dame übernachtet", erzählte ich, „und als wir dann am übernächsten Morgen weiter sind, kam Bożena extra noch mit raus bis an die Schnellstraße und hat für uns Autos angehalten, und erst in das dritte, das bis Krakow durchfuhr, da hat sie uns reingesetzt."

„Tolle Geschichte", staunte Maisie.

„Ja", sagte ich, „aber damit nicht genug. Denn knapp zwei Jahre später ging es los in Polen mit der Gewerkschaft Solidarność und der Ausrufung des Kriegsrechts. Da hab ich Bożena ein dickes Fresspaket geschickt und gefragt, ob ich sonst noch was für sie tun könnte, und sie schrieb, dass es ihr ziemlich mies ging. Ihr Job im Institut war futsch und sie musste als Kellnerin jobben, um sich über Wasser zu halten, und ob ich ihr dafür ein paar Stiefel besorgen könnte, auch gebraucht. Eine Freundin von mir hatte die gleiche Größe, die hat dann geholfen." Ich zuckte mit den Schultern.

„Gute Leute müssen zusammenhalten, oder etwa nicht?", sagte ich und wies auf die Menschenmassen auf dem Platz. „Die meisten von denen fahren hunderte Kilometer und stehen sich hier tagelang die Beine in den Bauch, nur für 'n paar lumpige D-Mark, da fang ich doch nicht an, noch um zwei oder drei Groschen zu feilschen. Seit der Trampergeschichte damals haben die Polen bei mir jedenfalls ein Stein im Brett."

Anschließend fuhren wir zu mir nach Hause, denn ich hatte versprochen, den beiden meine Wohnung zu zeigen.

Unterwegs meinte Maisie, dass ihr Berlin eigentlich ganz gut gefiele und sie sich vorstellen könnte, nächstes Jahr hier mit dem Studium zu beginnen. Auf jeden Fall wollte sie zu Hause raus, ihre Eltern wären nämlich recht streng.

„You know, my father is a minister", erwähnte sie noch einmal, und ich musste grinsen, weil ich beim ersten Mal, vor ein paar Tagen, geglaubt hatte, ihr Vater wäre also irgendein hohes Tier in der Regierung. Aber inzwischen wusste ich es besser, denn ‚minister' bedeutete in seinem Fall schlicht Pastor. Ihr Vater war ein Kirchenmann, und offenbar ein recht strenger noch dazu. Mittlerweile interessierte ich mich übrigens mehr und mehr für Maisie; sie war zwar zurückhaltend, taute aber auf. Ich fand ihr Gesicht schon recht angenehm anzuschauen, von ihrer schlanken, mädchenhaften Figur gar nicht erst zu reden, und so hörte ich jetzt stets ganz genau hin, wenn sie etwas von einem ‚friend' erzählte. Aber die englische Sprache führte mich immer wieder auf den Holzweg, weil sich dann nämlich im Verlauf der Geschichte der ‚friend' plötzlich als eine Mary oder Harriet entpuppte oder irgendeinen anderen Mädchennamen trug. Denn es musste schon explizit ein ‚boyfriend' sein, wenn es sich tatsächlich um ihren Freund handeln sollte. Bloß von dem war glücklicherweise nie etwas zu vernehmen.

Als ich den beiden mitteilte, dass ich im Stadtbezirk Wedding wohnte, amüsierten sie sich köstlich darüber, da es bekanntlich auf Englisch ‚Hochzeit' bedeutete. Aber da sie ja ihre Deutschkenntnisse verbessern wollten, fragten sie mich dann ein paar Sachen, was Grammatik und Vokabular betraf. So wollten sie beispielsweise wissen, was eigentlich der Unterschied zwischen ‚außen' und ‚draußen' wäre, also konkret, wieso beim Wetterbericht im Radio immer nur von der ‚Außentemperatur' und nie von der ‚Draußentemperatur' die Rede wäre. Da war ich mit meinem Latein so ziemlich am Ende. Allerdings punktete ich gleich danach wieder mächtig mit dem launigen Spruch: ‚Wenn ich den See seh', brauch ich kein Meer mehr'.

In meiner Wohnung angekommen, verstaute ich zuerst das Bier im Kühlschrank und servierte uns kaltes Mineralwasser. Vom Hochbett schienen die Mädchen erwartungsgemäß ziemlich angetan zu sein, und bei der anschließenden Begutachtung der Duschkabine in der Küche konnte ich mit einer lustigen kleinen Geschichte aufwarten: Da dieser Raum mit den einfach verglasten Fenstern nämlich bis auf ein elektrisches Mini-Heißluftgebläse, das ich aber nur unmittelbar vor dem Duschen einschaltete, leider keinerlei Heizung besaß, ließ sich besonders im Winter das dann wegen der Kälte sehr zähflüssige Duschgel und Shampoo stets nur mit kräftigem Druck aus den Plastikflaschen herauspressen. Was mir natürlich zur Gewohnheit wurde, so dass ich es woanders, zum Beispiel bei meinem Frühlingsurlaub damals in Südfrankreich, in meiner Zerstreutheit ebenso praktizierte. Obwohl dort das Bad freilich nahezu tropisch temperiert war. Jedenfalls, ausgerechnet am ersten Morgen klappte es dann auch, dass einer meiner Reisegefährten genau in dem Moment in unseren Gemeinschaftswaschraum kam, als ich mir ohne Nachzudenken gerade einen Riesenblubb warme Shampoopampe in die aufgehaltene Hand drückte. Tja, und wie dieser Mitreisende mich dabei ansah, das kann sich wohl jeder selbst ausmalen. Für den war ich wahrscheinlich bestenfalls noch ein bedauernswertes Psychiatrieopfer.

Im Salon machten wir es uns schließlich auf den Sitzmöbeln gemütlich, und ich gab ein paar Anekdoten vom letzten Herbst zum Besten, von der Maueröffnung. Wie beispielsweise einer großen Bar an der Gedächtniskirche gleich am ersten Abend die Gläser ausgegangen waren, inklusive der aus dem Reservelager, weil jeder Ossi, der es durch die offene Mauer nach Westberlin geschafft hatte und nun dort ein Bier trank, hinterher sofort das Glas mit dem schönen bunten Kneipenlogo vom berühmten Kudamm einsteckte und mit nach Hause nahm. Als Andenken und Trophäe und als Beweis für die Daheimgebliebenen. Desgleichen sämtliche Bierdeckel; Hauptsache, es befand sich ein West-Aufdruck auf den Papp-Untersetzern.
„Die wahren Gewinner waren aber die kleinen Türkenjungs, die jeden Tag von früh bis spät an der Berliner Mauer standen", offenbarte ich ihnen, „denn die hatten die beste Geschäftsidee überhaupt. Klar, jeder Besucher wollte so 'n Brocken von dem Betonmonster, aber noch besser war natürlich ein

eigenhändig rausgeschlagenes Stück. Also *verliehen* die Knirpse Hammer und Meißel für 'n Fünfer an die Touristen, und die klopften sich dann damit selber ihr Souvenir ab und ließen sich dabei fotografieren, als Mauerspecht voll in Aktion, während der nächste zahlende Kunde schon ungeduldig wartete."

„Mauerspecht", wiederholte Kendra kichernd, und auch Maisie lachte.

„Ja", grinste ich, „so wurden die genannt."

„Das ist lustig", sagte Maisie, diesmal auf Deutsch.

„Klar ist es das", nickte ich und fuhr fort, „und auch, dass danach der graue Beton von den pfiffigen Banausen schnell wieder mit der Farbdose angesprayt wurde, so dass sich jeder der wollte immer wieder aufs Neue 'n frisches Stück von den besonders begehrten bunten, natürlich absolut original bemalten Mauerabschnitten abpochen konnte."

Ich hob mein Glas und toastete pathetisch: „Und siehe, alle waren am Ende glücklich! Prost!"

Darauf tranken wir erst mal einen großen Schluck, und als aufmerksamer Gastgeber schenkte ich uns gleich wieder reichlich kühles Wasser nach.

„Übrigens, in der Jugendherberge hab ich damals auch 'n paar sehr spezielle Gäste gesehen", nahm ich nach einer kurzen Pause den Faden wieder auf, „hauptsächlich Amis. Die haben ihre Rucksäcke ausgekippt und ihre komplette Garderobe hier gelassen, nur um sich dafür 'n halben Zentner Mauerstücke einzupacken."

Sozusagen Klamotten gegen Klamotten getauscht, schoss es mir durch den Kopf, aber das funktionierte natürlich nur auf Deutsch, und da wir uns auf Englisch unterhielten, ich ihnen aber mein kleines Wortspiel nicht vorenthalten wollte, musste ich meine Schilderung zunächst für einen Moment unterbrechen, um ihnen diese Formulierung nebst Erläuterungen entsprechend zu vermitteln. Denn sie sollten ja jeden Tag neue deutsche Wörter lernen, nicht wahr?

„Wahrscheinlich wollten sie damit zu Hause den ganz großen Reibach machen", fuhr ich dann wieder fort. „Jedenfalls sind die Jungs mit ihren vollen Rückentragen bei uns zur Tür raus wie die Sherpas im Himalaya und haben sich schwitzend mit ihren Betonbrocken abgeschleppt, dass allein das Zuschauen schon wehtat. Und ich schätze, spätestens am Flughafen gab's den ersten Ärger, wegen Übergepäck."

Maisie und Kendra lachten, und weil es mir gerade in den Sinn kam und ich sowieso längst voll im Entertainer-Modus war, erzählte ich ihnen anschließend noch ein bisschen was von meinem Kater, der sich aber heute leider nicht blicken ließ und eigentlich ja auch gar nicht meiner war.

"Wieso nennen sie dich überhaupt ‚king of snakes' und ‚snake master'?", wollte Maisie auf einmal wissen. „Wir dachten schon, du hättest zu Hause vielleicht ein Terrarium mit Reptilien oder so?"

„Nö, ich hab höchstens 'n paar Kakerlaken, aber die sind freilaufend", griente ich, und dann log ich ihnen erst mal ordentlich die Hucke voll.

„Das kommt aus der germanischen Mythologie", behauptete ich. „Es gibt nämlich viele Märchen und Sagen dazu, die allesamt darauf hinauslaufen, dass man reich wird, wenn man sich gut mit dem Schlangenkönig stellt oder an seine Krone rankommt. Naja, und deshalb haben sie mir diesen Spitznamen verpasst. Weil Old Snäkie eben clever ist und weiß, wo's langgeht. Also Mädels, haltet euch an mich, und es wird euch gutgehen! Well, that's the message, baby!"

Besonders Maisie zog daraufhin die Stirn kraus und lächelte ziemlich skeptisch, so dass ich erst noch einmal anders versuchte.

„Okay, es ist wegen der chinesischen Sternzeichen", erläuterte ich, „denn ich hab im Jahr der Schlange an der Rezeption angefangen, kurz bevor die Mauer fiel. Ist so, könnt ihr nachsehen, ich hab einen Kalender da. Obwohl ich ja übrigens passenderweise im Zeichen der Ratte geboren bin, selbstverständlich. Wenn schon, denn schon. Weil, die ist nämlich das erste Tier im chinesischen Zyklus, logisch. Aber das ist wieder was anderes."

Natürlich klärte ich sie dann am Ende doch noch darüber auf, dass letztendlich Renate dahinter steckte, die allerdings das englische Wort ‚snake' auch auf die tagtäglich zu bändigenden Warteschlangen im Speisesaal und an der Rezeption bezogen hatte, was freilich wieder einmal nur in der deutschen Sprache Sinn ergab.

So plauderten wir noch eine ganze Weile, und irgendwann kamen wir ganz automatisch auch auf das unvermeidliche Thema Ost und West zu sprechen. Sie wollten wissen, warum ich mich seinerzeit überhaupt zur Ausreise entschlossen hätte und ob die Zustände drüben wirklich so unerträglich gewesen wären.

Zack, und sofort musste ich an Svenja denken, an meine frühere Freundin, und wie uns das alles innerlich zerrissen hatte. Der gepackte Koffer lag ja damals buchstäblich immer unter meinem Bett, denn ich konnte von einem Tag auf den anderen plötzlich grünes Licht kriegen für die große Reise. Oder auch in den Knast abwandern, das wusste man nie so genau. Auf jeden Ausreiseantrag folgte doch meist ein ganzer Rattenschwanz von ‚Maßnahmen' und Drangsalierungen, man hatte fortan die Stasi im Schlepptau und zog auch unweigerlich andere mit in diesen Strudel, Freunde und Eltern, ganze Familien. Außerdem war es erst recht Gift für die Beziehung, wenn nur einer von beiden einen Antrag gestellt hatte, so wie bei Svenja und mir. Nicht mal den nächsten Sommerurlaub konnte man gemeinsam planen. Bloß das wollte ich nicht alles nochmal aufrühren, dieses ganze Elend, nicht ausgerechnet jetzt. Wozu sollte das gut sein? Es würde nur die Stimmung ruinieren.

„Ach wisst ihr", erwiderte ich deshalb leichthin, „um es kurz zu machen: Frag zwanzig Leute nach dem Osten, und du kriegst zwanzig verschiedene Antworten. Ich meine, stellt euch denselben Landstrich vor, wo es öfter regnet – die einen müssen viel draußen sein, werden dauernd nass und finden das total ätzend, andere haben sich einfach dran gewöhnt und nehmen es eben hin, oder sie haben sich bessere Wettersachen besorgt, und wieder andere sitzen fein im Trockenen wenn es pladdert und freuen sich dann jedes Mal bloß über den herrlichen Regenbogen am Himmel."

Ich zuckte mit den Schultern. Vielleicht ein bisschen zu simpel, dachte ich. Aber hinkte nicht jeder Vergleich?

„Also ich zumindest wollte da raus, und das war schon schwierig genug", brummte ich. „Mensch, die Welt ist groß!"

Na was solls, dachte ich, es gab schon immer tausend Gründe, sein Glück woanders zu suchen, tausend Motive und Schattierungen, und nicht jeder, der seine Heimat verließ, wurde dadurch automatisch gleich zum Held oder politischen Freiheitskämpfer.

„Mal was anderes, Freunde, habt ihr Hunger?", erkundigte ich mich schließlich ganz pragmatisch, und da Kendra und Maisie nach kurzer Bedenkzeit zwar zögerlich, aber dennoch deutlich nickten, schlug ich ein Gartenlokal ganz in der Nähe vor. Mexikanisches Essen, nicht zu teuer, und hinterher noch draußen sitzen bei Cocktails und Bier.

Das klang doch vielversprechend, oder?

„Also los, auf geht's!", rief ich. „Raus aus meinem schattigen Bunker!"

Vorher gab ich Maisie aber noch schnell eine Bob-Marley-Kassette mit, für die sie sich interessiert hatte, sie wollte sie später in ihrem Walkman hören.

‚My personal stereo', so nannte sie das Ding, was ich irgendwie recht lustig fand, und dabei fiel mir auf, dass sie inzwischen überhaupt viel mehr lächelte als am Anfang. Auch hielt sie den Augenkontakt meist deutlich länger, wenn ich sie ansah, eigentlich fast jedes Mal, und ich sah sie oft und gerne an.

Doch jetzt war erst mal Abendessen angesagt, Burritos und Enchiladas, plus ein paar gepflegte Drinks. Ein Hauch von Karibik, gleich um die Ecke.

An einem Sommerabend, so richtig zum Verlieben.

Der Globusmann war heute Vormittag abgereist, erfuhr ich von Klaas. Weiter nach Kopenhagen, um auch dort die Menschen wachzurütteln, so ungefähr hätte er sich wohl ausgedrückt.

Außerdem erwähnte Klaas noch eine Italienerin, die mit einem dicken Kursbuch oder Interrail-Fahrplan zu ihm gekommen wäre und wissen wollte, wo sich eigentlich dieser seltsame Bahnhof ‚Liegewagen' befände, der immer mal wieder in den Fußnoten auftauchte. ‚Where is that station?', hätte sie gerätselt, diesen Namen könnte sie nirgendwo finden, auf keiner Karte.

„Mannomann, und der Telefonsex-Terror aus Osaka war heute Vormittag wieder besonders deftig", stöhnte er, „immer dieses ewige ‚room okay?, room okay?', nur zwei Worte Englisch. Mensch, wie das nervt, ich träume nachts schon davon! Aber jetzt sind die paar freien Betten weg, und der AB läuft."

„Oh nein, nein nein oh nein, please call – nein, nein, oh nein", parodierte ich sofort die Ansage auf dem Anrufbeantworter, und wir mussten beide lachen.

„Andererseits", fügte Klaas nach einer kurzen Pause hinzu und zeigte verstohlen auf einen Japaner, der im Foyer an einem der Tische saß und anscheinend etwas in sein Notizbuch schrieb, „da kam vor 'ner Stunde 'n Anruf für den da, Natawabe oder Nawatabe oder wie der heißt, und ich hab den nach hinten durchgestellt, auf den Wandapparat. So, und danach reiht der sich hier wieder brav in die Schlange ein. Ich denk noch, na was der wohl will? Jedenfalls, da wartet der mindestens fünf Minuten, nur um dann ‚thank you' zu sagen und sich zu verbeugen, als er endlich dran ist. Bloß dafür, dass ich ihn ausgerufen und ihm das Gespräch nach hinten gelegt habe."

Er zuckte mit den Schultern, machte sowas wie 'tüh, tsiss' und sah mich an.

„Tja, da staunste, hm?", erwiderte ich, doch Klaas schüttelte bloß den Kopf.

„Ach ja", meinte er dann, „und im Anbau sind sie schon komplett fertig, hat Renate vorhin gesagt, da kannst du schon welche auf die Zimmer hoch schicken, die müssen nicht bis um drei warten."

Ich nickte, und damit war die Schichtübergabe dann auch gelaufen.

Um Punkt vierzehn Uhr hatte sich Klaas aus dem Staub gemacht, und ich war zunächst in die Küche gegangen, um mir bei Essam und Halina einen Kaffee zu holen, damit ich dann wie üblich gleich mit voller Kraft loslegen konnte. Allerdings tat sich heute anfangs nicht gerade viel, das Foyer war gähnend leer, sicherlich auch aufgrund des schönen Wetters. Mein mir zugeteilter Zivi Ingo sollte zwar laut Klaas eigentlich ebenfalls anwesend sein, schwirrte aber momentan irgendwo im Hause umher.

Der erste Gast, den ich in dieser Spätschicht eincheckte, war ein stämmiger, freundlich lächelnder Japaner mit einer riesigen Rückentrage. Nach dem Bezahlen erklärte ich ihm den Weg zu seinem Zimmer im fünften Stock des Anbaus, und er nickte und verstaute dabei den Kassenbon sorgsam im Portemonnaie, bedankte sich lächelnd ein weiteres Mal, nahm sich wie vorgesehen Bettwäsche aus dem Container und zog schließlich seines Weges.

Danach wurde ich mal wieder zur Waschmaschine gerufen, deren Tür tatsächlich zuweilen ein bisschen klemmte. Als ich sie durch nochmaliges Drehen des Schaltknaufs der Automatik und vorsichtiges Rütteln am Bullauge öffnete, klatschten die umstehenden kleinen Asiatinnen begeistert in die Hände, als hätte ich das Quizrätsel der Woche gelöst.

„Have a nice wash!", wünschte ich ihnen lächelnd, und sie antworteten mir unisono: „Thank you! You too!"

Kaum zurück in der Rezeptionsbutze, klingelte das Telefon, jemand wollte unbedingt eine gewisse Jasmin Werder sprechen. Also rief ich die betreffende junge Dame über die Hausrufanlage aus, und als sie kurz darauf erschien (und ich sie augenblicklich als die gestern von Ricki erkorene Tagesschönste erkannte, als ‚Jasmin aus Wien'), legte ich das Gespräch auf den Wandapparat hinter der Rezeption. Ab und an kamen solche Anrufe für Hausgäste schon mal vor, so wie bei Klaas heute mit dem Japaner, doch meistens allerdings bloß bei Gruppenleitern.

Als Nächstes händigte ich zwei Einzelgästen, die am Vormittag wegen einer angekündigten Gruppe ihr Zimmer hatten wechseln müssen, die neuen Schlüssel aus, und sie holten ihr Gepäck aus den Schließfächern und stapften damit hoch auf die Etage.

Es folgte ein Holländer mit Reservierung, der für drei Tage bleiben wollte und auch sofort alles im Voraus bezahlte, und kurz darauf meldeten sich die Leiter einer neuen, soeben aus Frankreich eingetroffenen Gruppe, die ich aber einfach bloß zur Einweisung durch Jens weiter nach hinten schickte.

Plötzlich stand der Japaner wieder vor mir, noch immer das volle Marschgepäck auf dem Buckel, obwohl ich ihn heute zu Schichtbeginn doch gleich als Allerersten eingecheckt hatte, vor ungefähr einer halben Stunde. Der Schweiß rann ihm von der Stirn, und ziemlich verstört sah er mich an und stieß hervor, dass es überhaupt kein fünftes Stockwerk gäbe, er hätte nun wirklich alle Aufgänge rauf und runter durchprobiert.

Oh nein, dachte ich mitleidig, der arme Kerl mit seinem Riesenrucksack, und das bei dieser Hitze! Aber ein bisschen grinsen musste ich innerlich schon, was ich mir freilich nicht anmerken ließ, als ich ihm nun noch einmal ausführlichst erklärte, dass sich sein Zimmer ja auch nicht hier im lediglich vierstöckigen Haupthaus, sondern im schmaleren, allerdings etwas höheren Nebengebäude befände, welches freilich ausschließlich über diese eine große Treppe hier im Foyer und den sich daran anschließenden langen Korridor erreichbar wäre. Dort würde er aber gleich auf einen Fahrstuhl treffen, tröstete ich ihn, und mit freundlichem Nicken und neuer Hoffnung im Blick machte er sich nun geduldig ein zweites Mal auf den beschwerlichen Marsch.

Renate sah ich von Weitem durch die Halle hasten, sie grüßte bloß flüchtig und schien im Stress zu sein. Auch Nikki und Yolanda hatten mich heute noch gar nicht besucht, fiel mir erst jetzt auf.

‚Master of the house‘ Thoralf ließ sich dann kurz vor seinem Feierabend bei mir blicken, zusammen mit Ingo, der ihm angeblich von Jens zur Verfügung gestellt worden wäre, weil sein Stamm-Zivi Lars heute nämlich frei hätte. Aber die letzte halbe Stunde könnte Ingo nun noch bei mir aushelfen, meinte er großzügig, und damit empfahl er sich schon mal für den heutigen Tag und ging sich umziehen.

Eigentlich war mir das zwar mehr oder weniger egal, aber weil in diesem Moment gerade Maisie und Kendra durch die Eingangstür traten, änderte ich meine Meinung. Wir hatten gestern Abend beim Mexikaner nämlich noch eine ganze Weile feuchtfröhlich zusammen gesessen und uns gleich wieder für morgen verabredet, weil wir da alle drei frei hatten. Hm, naja, und da geziemte es sich doch sicherlich, dass ich mich auch heute nach dem werten Wohlbefinden der Damen erkundigte, nicht wahr? Oder anders gesagt, ich wollte eben einfach bloß weiter mit Maisie flirten, die gerade so süß zu mir herüber lächelte, halb schüchtern und halb vertraut.

„Ich mach mal kurz Pause, okay?“, rief ich also zu Ingo, und schon verdrückte ich mich mit den Schottinnen zusammen nach draußen auf den Hof.

Kendra zog es freilich gleich wieder in Nathans Nähe, der wie gehabt die Außenanlagen beschallte, und so setzten wir uns alle drei zu ihm ins Gras. Eine Langhaarige namens Caroline hatte ihre Füße ganz relaxed über seine Schienbeine gelegt, was sicherlich auf eine gewisse Vertrautheit schließen ließ. Während Maisie mir von ihrem heutigen Ausflug zur Gedächtniskirche berichtete, betrachtete ich sie die ganze Zeit über aus der Nähe, ihr gebräuntes Gesicht, ihr Lächeln, und wie sie sich beim Reden die Haare hinter die Ohren strich. Ich sah ihr in die Augen, hörte ihr zu und lauschte gleichzeitig der Musik. Dieser Typ hatte einfach alles auf Band, dachte ich. Heute lief erst das nicht ganz so bekannte ‚A Fool No More' von Peter Green, dann wechselte Nathan die Kassette, und schon an den ersten Takten der nun folgenden Gitarrentrio-Klänge hatte ich den ‚Mediterranean Sundance' von der legendären ‚Friday Night in San Francisco' erkannt. Selbst die weiter hinten auf der Wiese begannen jetzt mit den Füßen im Takt zu wippen.

„Warte mal ab", murmelte ich lächelnd und warf einen Seitenblick zu Nathan rüber, „da war ich zwar noch nicht, aber da komme ich auch noch hin, so viel ist schon mal sicher."

„Be sure to wear some flowers in your hair", säuselte der bloß mit feinem Lächeln die bekannte Melodie vor sich hin, und ich grinste und entgegnete auf seine Anspielung: „Na aber klar doch, ich feiere ja sogar am gleichen Tag Geburtstag wie Scott McKenzie, auch wenn er ein paar Jahre älter ist als ich! Aber ich glaube, ich werde dann eher wie Eric Burdon singen: ‚Old child, young child, feel alright, on a warm San Franciscan night'. Yeah, und zwar bald!"

Zufrieden saßen wir einfach auf der Wiese, blinzelten in die Sonne und hörten Musik. Den nächsten Song, das gute alte ‚My sweet Lord' von George Harrison, kommentierte Nathan bloß lässig mit 'music is my religion'.

„Apropos Religion", fragte ich ihn, „kennst du eigentlich ‚Nathan der Weise' von Lessing? Die Ringparabel?"

Aber zur Antwort schüttelte er nur den Kopf.

„Was", rief ich, „und das bei deinem Namen? Das darf ja wohl nicht wahr sein! Nathan der *Music Man* und Nathan der Weise, ich meine, die sollten sich mal kennenlernen! Das musst du einfach lesen!"

Ich wollte gerade noch mehr dazu vom Stapel lassen, doch ein Blick auf meine Armbanduhr belehrte mich, dass es langsam Zeit für mich wurde, zu Ingo zurückzukehren, damit er pünktlich Feierabend machen konnte.

„Ich muss leider, die Arbeit ruft", seufzte ich also und grüßte in die Runde, und nach einem letzten Extrablick in Maisies Augen, wobei ich ihr gleichzeitig mit den Fingerspitzen meiner Hand wie zufällig über den Oberarm strich, stand ich auf, um Ingo an der Rezeption abzulösen.

„Na, war irgendwas los?", fragte ich ihn, als ich durch die Tür trat, aber da er sich sehr entspannt im Bürostuhl fläzte, konnte ich mir die Antwort eigentlich schon denken.

„Einen Anruf musste ich durchstellen", ließ er mich mit vorsichtig gesenkter Stimme wissen, „für die aktuelle Miss Herberge da, die flauschige Granate."

Er zeigte auf eben jene Jasmin, die jetzt im Foyer dicht bei den Automaten saß, eine Cola vor sich auf dem Tisch.

„Bei mir vorhin war auch schon einer", erwiderte ich. „Man konnte richtig hören, wie der Typ ihr hinterherhechelte und durch den Hörer geiferte."

„Yupp", nickte Ingo gähnend, stand auf und räumte das Feld, und ich nahm wieder im Chefsessel Platz.

„Machs gut", rief er träge und schlurfte von dannen, „bis morgen!"

Sehr entspannt beobachtete ich zuerst ein bisschen das Geschehen im Foyer und unterhielt mich dabei ein wenig mit Stammgast Arthur Morris, dessen Wohnungssuche leider nicht so recht voranging. Mit Glück würde er vielleicht bald in einer Musiker-WG unterkommen, erzählte er mir.

Nach und nach checkte ich dann eine Handvoll Leute mit Reservierungen ein und beantwortete ein paar der üblichen Fragen zu Verkehrsverbindungen und Sehenswürdigkeiten. Später stellte ich tatsächlich noch ein weiteres Telefonat für die attraktive Jasmin aus Wien durch, wieder ein neuer Interessent. Offenbar hatte sie gestern an ihrem ersten Abend gleich bei mehreren Männern einen heftigen Eindruck hinterlassen. Ja sie war schon ein ziemlicher Hingucker, das musste ich zugeben, als ich sie nun in natura vor mir stehen sah. Niedliche Stupsnase, blaue Augensterne, dazu top geschminkt und die Haare gestylt, von den Klamotten her sowieso der letzte Schrei. Wer würde da nicht schwach werden? Eine, die nicht mit ihren Reizen geizte, die schon mal ganz bewusst ein bisschen mehr Dekolleté und Bein zeigte. An sich nichts gegen zu sagen, dachte ich, aber eben dennoch nicht so ganz mein Fall.

Denn die konnte garantiert auch ein echtes kleines Luder sein, das einem einfach bloß das Herz brach und dann hübsch lächelnd weiterzog, zum nächsten Verehrer, der möglicherweise noch etwas mehr zu bieten hatte.

Am Abend erkundigten sich vereinzelt ein paar Gäste nach der Snakebar, die heute jedoch leider geschlossen blieb. Elvira würde sie erst wieder am Wochenende öffnen, hatte Jens mir mitgeteilt.

In Begleitung von Mister Arthur Morris kam dann ein etwa dreißigjähriger Gast zur Rezeption, der sich mir als amerikanischer Journalist namens Keith vorstellte und fragte, ob er mich interviewen dürfte. Nicht sofort, aber vielleicht morgen? Er hätte nämlich erfahren, dass ich aus dem Osten stammte, und da er gerade an einer Reportage über die deutsche Ost-West-Thematik arbeiten würde, wäre er an meiner Sicht der Dinge interessiert.

Okay, erklärte ich mich einverstanden, aber da ich morgen frei hatte, einigten wir uns auf übermorgen. Irgendwann während der Spätschicht würde sich bestimmt eine ruhige Viertelstunde dafür finden.

Beim Abendessen in der Küche trieb ich wieder mal ein wenig Schabernack mit Nang und Halina, die mir dafür dann aber bald darauf ziemlich schadenfroh zuwinkten, als sie nämlich zum Feierabend durch das Foyer nach draußen spazierten, während ich armer Knecht noch bleiben musste.

Etwas später erschien an der Rezeption eine sehr sympathische Südamerikanerin, mit der ich vorher schon kurz geredet hatte, und fragte mich nach einem Büchsenöffner. Ihre Freunde hatten offenbar schon alles soweit für das gemeinsame Abendessen vorbereitet, denn ich sah sie erwartungsvoll im Foyer an einem Tisch mit allerlei Essbarem sitzen.

„Lo siento, no hay, no tengo eso", musste ich ihr aber leider antworten, doch natürlich fand sich trotzdem eine Lösung. Ich machte kurz die Rezeption dicht und bedeutete ihr, mir zu folgen, und dann schloss ich noch einmal den Speisesaal auf, schaltete das Licht ein und ging mit ihr zur Küche hinter, wo es ja den großen elektrischen Universalöffner gab. Sie blieb am Tresen stehen und reichte mir die beiden Büchsen, und Sekunden später erhielt sie sie von mir mit nur noch lose aufliegendem Deckel zurück.

„Guten Appetit!", wünschte ich auf Spanisch, und ihr Lächeln war mir die kleine Extraanstrengung locker wert.

Etwa um 21 Uhr trafen dann die letzten der für diesen Abend noch einzucheckenden Einzelgäste mit Reservierung ein, eine vierköpfige Familie aus Süddeutschland.

„Ihr Nachtwächter hat uns ja freundlicherweise schon reingelassen", teilte mir die Frau ganz erfreut beim Ausfüllen der Anmeldekarte mit.

„Wer?", fragte ich zerstreut, da ich mich gerade auf die Eingaben an der Kasse konzentrierte.

„Na ihr Nachtwächter draußen", wiederholte sie, „der hat uns fix die Schranke aufgemacht und auf dem Parkplatz hinten prima eingewiesen. So konnten wir gleich auf dem Hof das Gepäck ausladen und mit reinbringen."

„Äh, achso, ja, super", brummte ich und nickte zustimmend.

Kurz vor dem Schichtwechsel schloss ich noch einmal das Rezeptionsfenster, stellte die große Holzuhr dahinter und machte mich auf zu einem kurzen Kontrollgang in Richtung Hof.

Draußen war es jetzt schon dunkel, die Tage wurden bereits merklich kürzer. Am Abend war es zwar noch warm, aber bald würde der Sommer vorbei sein. Hinterm Müllcontainer sah ich die Glut einer Zigarette aufglimmen.

„Na Herr Nachtportier?", rief ich gutgelaunt über den Parkplatz und lief das kurze Stück bis zur gegenüberliegenden Ecke, wo ich Horst beim Näherkommen schemenhaft als zusammengekauerte Silhouette ausmachen konnte.

„Wie gehts denn so, Meister?", erkundigte ich mich, und wie auf Stichwort hörte ich es leise aus seinem klapprigen Transistorradio zur Antwort dudeln: *Es geht mir gut, merci cheri, es geht mir gut das macht die Liiiebe...'*

Ich erwähnte die Familie von vorhin und lobte ihn für seinen Einsatz. Solange er sich so verhielte, versicherte ich ihm, würde er keine Probleme kriegen.

Aber Horst schien meine anerkennende Fürsprache nicht viel zu bedeuten.

„Das sind *meine* Batterien in der Taschenlampe, die ich dafür verbrauche", krächzte er bloß missmutig mit seiner rauen Stimme. „Meine Batterien!"

Verächtlich wandte er sich ab.

„Die schulden mir noch ’ne Menge!", brummte er vor sich hin und schnaubte herablassend durch die Nase.

„Na wenn das mal stimmt", bremste ich ihn gleich ein bisschen aus. „Also ich meine, das musst du dann aber auch alles mit der Platzmiete gegenrechnen, plus die Menü-Versorgung aus der Küche, ab und zu."

Horst aber machte mit dem Arm bloß eine wegwerfende Bewegung.

„Die schulden mir noch 'ne Menge", beharrte er stur auf seiner Meinung und schüttelte kategorisch den Kopf.

„Ach komm", erwiderte ich versöhnlich, aber er ließ sich nicht umstimmen und brubbelte nur irgendetwas Unverständliches zur Antwort.

Der noble Herr Nachtportier war heute offensichtlich nicht so recht in Gesprächslaune, dachte ich schulterzuckend, also trollte ich mich und ging zurück ins Haus, um mich schon mal auf meinen Feierabend einzustimmen.

Kurz vor elf, ich wollte mich gerade bettfertig machen, klingelte mein Telefon. Schmitti war dran, ein alter Bekannter aus dem Osten, anscheinend leicht angeduselt. Am Freitagabend müsste er sich doch mal nach alten Kumpels erkundigen, meinte er, und begann zu erzählen, dass er vor ein paar Wochen bei einer Landschaftsbau-Firma in Hessen angefangen hätte und jetzt draußen viel mit dem Lkw unterwegs wäre, immer zu zweit mit dem Fahrer. Es klang eigentlich mehr nach Mülleimer leeren im Stadtpark, aber warum auch nicht? Dann fragte er nach Hugo, und ich erwähnte, dass ich mich mit ihm neulich erst getroffen hätte.

„Um den mach dir mal keine Sorgen, dem gehts gut", gab ich ihm Auskunft. „Alles einwandfrei, wie er immer sagt."

Als Nächstes erfuhr ich, dass Rolli, ebenfalls einer unserer gemeinsamen Bekannten, sich gleich aus dem Auffanglager in Gießen komfortabel bei einer zwölf Jahre älteren Frau einquartiert hätte, direkt ins gemachte Nest.

„Sieht ihm ähnlich", kommentierte ich diese Neuigkeit belustigt, „kaum ausgereist, schon bei 'ner dicken Mutti im Bett. Aber bitte, jeder wie er mag."

Wir schwatzten noch eine ganze Weile, und Schmitti berichtete dabei unter anderem auch ziemlich weitschweifig von seiner letzten Wochenend-Angeltour bei sich in der Gegend. Eigentlich hatte ich zwar nicht allzu viel übrig für diese Art der Freizeitgestaltung, aber in Schmittis Fall ließ ich Nachsicht walten, denn ich wusste, dass es ihm dabei weniger um das Fischefangen an sich ging. Er hatte mir nämlich mal anvertraut, wie er als kleiner Junge von seinem Vater öfter verdroschen worden war und dann die Schule geschwänzt und ganze Tage allein beim Angeln am Fluss verbracht hatte, und irgendwie war das wohl auch heute noch sowas wie Yoga für ihn, oder seine Meditations-Auszeit.

Des Weiteren kam er darauf zu sprechen, dass er nächstes Jahr versuchen würde, den Lkw-Führerschein zu machen. Damit hätte man nämlich viel mehr Möglichkeiten, meinte er, und vielleicht könnte er dann sogar bei weitläufigen Verwandten aus Lüneburg mit einsteigen, die dort eine Spedition betrieben und große Touren bis runter nach Spanien fahren würden. So jedenfalls hätten sie sich geäußert.

Zum Schluss kündigte er für den Herbst einen Besuch in Westberlin an, wahrscheinlich im Oktober.

„Klar, kannst immer bei mir pennen", sagte ich ihm zu, und so verblieben wir dann auch erst mal.

Eine halbe Stunde später, ich lag schon oben im Bett, hörte ich noch einen kurzen Radiobeitrag über Kinder im Osten, deren Eltern sich gleich nach dem Mauerfall in Richtung Westen davongemacht hatten. Einfach so, von heute auf morgen, in ein neues Leben. Ihre lieben Kleinen hatten sie entweder schnell noch im nächsten Kinderheim abgeladen oder auch bloß allein in der Wohnung gelassen, mit ein paar vorsorglich geschmierten Wurstbroten auf dem Tisch. Den Rest würde dann schon die Oma übernehmen, für die man ja einen Zettel geschrieben hatte, das Wichtigste in Kürze.

Es wären Dutzende solcher Fälle bekannt, meinte die Sprecherin.

„Meine Mutti bringt mir was Schönes aus dem Urlaub mit", hörte man eins der verlassenen Kinder ganz traurig sagen, und es brach mir fast das Herz.

Am Vormittag machte ich ein paar Einkäufe und Erledigungen, und so fuhr ich unter anderem auch zu dem großen Buchladen mit der fremdsprachlichen Abteilung und fragte dort nach einer englischen Ausgabe von Lessings ‚Nathan der Weise'.

„Ist im Moment nicht da, kann ich aber bestellen", bot die junge Verkäuferin an. „Dauert allerdings drei Tage."

„Hm", erwiderte ich unschlüssig, denn ich wusste nicht, wie lange Nathan überhaupt noch in Berlin bleiben wollte.

„Oder Sie gucken im Antiquariat in der nächsten Querstraße", ergänzte die Verkäuferin etwas leiser, „da findet man manchmal ältere gebrauchte Ausgaben. Aber den Tipp haben sie nicht von mir."

„Dankeschön, ja, gute Idee", antwortete ich erfreut, und ein paar Minuten später wurde ich dort tatsächlich fündig. Das Exemplar war zwar schon ein wenig abgegriffen, aber dafür auch nicht teuer. Hauptsache lesbar, dachte ich, denn auf die Geste kam es an.

Später ging ich noch beim CD-Verleih um die Ecke vorbei und holte mir wie schon öfter ein paar von diesen modernen Silberlingen, um sie auf Kassette zu überspielen. Noch waren sie zum Kaufen ja eigentlich zu teuer, fand ich, aber wenn man sie bloß auslieh und gleich wieder am selben Tag zurückbrachte, dann kostete das lediglich eine schlappe D-Mark. Das war erschwinglich, und dafür hatte man dann Kassetten mit Aufnahmen in Top-Qualität.

Am Nachmittag ungefähr um fünf klopfte ich bei Maisie und Kendra im Hostel an die Zimmertür. Wir hatten uns zwar für diese Zeit verabredet, aber was wir eigentlich konkret unternehmen wollten, das war nicht so recht klar.

„Ach ich bin noch gar nicht fertig", seufzte Kendra, „ich muss erst noch Haare waschen und so."

Auch gut, dachte ich, dann konnte ich mir ja vielleicht endlich mal Maisie für eine Weile alleine schnappen, anstatt immer nur zu dritt unterwegs zu sein. Sicherlich hatte Kendra sowieso schon was gemerkt.

„Komm, ich kenn' ein gemütliches Café in der Nähe", schlug ich Maisie daher ganz selbstverständlich vor, „und wenn wir in 'ner halben Stunde oder so zurück sind, dann ist Kendra auch soweit."

Beide nickten, also zogen Maisie und ich nun zu zweit los.

Und plötzlich fühlte es sich ein bisschen wie ein *date* an, wie ein Rendezvous. Wie eine romantische Verabredung zu zweit.

Das Café war nicht weit weg, bloß ein Stück um die Ecke, in einer ruhigen Seitenstraße. Wir setzten uns draußen in den Innenhof und bestellten Milchkaffee, und mir fiel wieder einmal auf, was sie für feine, schlanke Hände hatte. Richtige Prinzessinnenhände.

Maisie deutete auf mein buntes Armband am Handgelenk.

„Das ist hübsch", meinte sie.

„Ja", gab ich ihr recht. „Sowas kriegt man manchmal von netten Gästen, wenn man in der Jugendherberge arbeitet und auch nett zu ihnen ist."

„Wieso fand sie dich denn so nett?", fragte sie mit neugierigem Lächeln.

„Woher willst du wissen, dass es eine *Sie* war?", konterte ich spöttisch.

„Na ein Mann wird dir ja wohl kaum sowas schenken", erwiderte sie, und wir sahen uns in die Augen und grinsten beide ordentlich dabei.

‚Von wegen, einer hat mir schon mal seinen getragenen Schlips geschenkt', wollte ich gerade einwenden, ‚und demnächst gibts dann vielleicht sogar getragene Slips', das lag mir sofort ganz automatisch auf der Zunge. Doch dieser schräge Spruch ließ sich nicht wirklich ins Englische übersetzen, und in der jetzigen Situation wäre er wohl auch ziemlich unangebracht gewesen, so dass ich ihn natürlich nicht auf Maisie losließ.

„Wieso sie mich nett fand?", kam ich stattdessen also nochmal auf das eigentliche Thema zurück. „Hm, das hab ich gar nicht gefragt, und das darf man ja eigentlich auch überhaupt nicht verraten."

„Aha, soso", entgegnete Maisie, „und warum nicht?"

„Jaaaa", machte ich geheimnisvoll, „also abgesehen höchstens von im Prinzip unveränderlichen körperlichen Merkmalen vielleicht, so wie Größe oder Augenfarbe. Aber bei anderen Sachen kanns sonst kritisch werden."

Ich rutschte auf meinem Stuhl etwas zu ihr vor, nahm noch schnell einen Schluck Kaffee und begann zu erläutern: „Weil, das ist nämlich wie beim berühmten quantenphysikalischen Doppelspaltexperiment: schon die bloße Messung beeinflusst den Ausgang des Experiments. Das ist der Knackpunkt."

Da sie damit nichts anzufangen wusste, erklärte ich ihr in ein paar Sätzen, worum es dabei ging. Allerdings schien sie nicht so ganz überzeugt von meinem akademischen Vortrag zu sein.

„Das ist wie die oberste Direktive der Sternenflotte bei ‚Raumschiff Enterprise'", setzte ich daher noch einmal neu an. „Demnach darf man sich bei fremden Zivilisationen unterhalb der Warp-Stufe nicht einmischen, sondern man muss prinzipiell neutraler Beobachter bleiben. Weil man eben sonst durch jeden Eingriff deren weitere Entwicklung verändert und verfälscht. Naja, und das lässt sich auch auf Menschen übertragen."

Natürlich war das alles hauptsächlich im Scherz gesprochen, und ich wollte auch nicht, dass dieser mir bereits leicht entglittene Flirtversuch am Ende noch völlig abstürzte und ich Maisie damit langweilte. Dennoch war ich der Ansicht, dass es bei diesem Thema durchaus auch einen ernsten Kern gab.

„Bloß mal als Beispiel", versuchte ich ihr daher zu verdeutlichen, „wenn ich dir, rein hypothetisch jetzt mal, eine bestimmte Geste nenne, die mir an dir gefällt, wie du dir meinetwegen immer die Haarsträhne aus dem Gesicht streichst und fragend ‚uuuund?' machst, dann wird dich das beim nächsten Mal beeinflussen. Oder mal angenommen, ich würde behaupten, es ist deine zurückhaltende Art, dieser hinter den Haaren fast verborgene Augenaufschlag von schräg unten, dann achtest du selber mehr darauf und versuchst es später vielleicht sogar bewusst einzusetzen, mit einer bestimmten Absicht. Wie ein Schauspieler, der dadurch eine gewisse Wirkung beim Zuschauer erreichen will."

Ich sah ihr in die Augen.

„Im Extremfall könnte man mit solchen Komplimenten genau das kaputt machen, was man am anderen eigentlich so sehr mag", fasste ich zusammen.

„Weil es der Angelegenheit am Ende die Unschuld nimmt."

Wir schwiegen einen Moment, und dann erkundigte sich Maisie nach meinen ‚working holiday'-Plänen, die ich ihr und Kendra gegenüber neulich bereits einmal angesprochen hatte.

„Ich hab jetzt nach Schottland geschrieben, Iona ist momentan mein Favorit für den nächsten Frühling", gab ich freimütig Auskunft. „Mal sehn, was sie antworten."

Von Eiland zu Eiland, dachte ich, das würde doch passen, denn Westberlin zählte ja eigentlich auch irgendwie als Insel, zumindest bis vor Kurzem noch.

Aber wie auch immer, jedenfalls hatte ich von solcher Reisefreiheit damals im Osten nur träumen können, und auch jetzt staunte ich manchmal noch beinahe ungläubig darüber. Welche Möglichkeiten sich damit auftaten! Arbeitsferien im Ausland! Wenn ich von Iona tatsächlich eine Zusage bekäme, dann würde ich damit gleich mehrere Fliegen mit einer Klappe schlagen, sagte ich mir, denn so könnte ich günstig ein weiteres schönes Stück von der Welt sehen, neue Leute kennenlernen und gleichzeitig mein zuweilen doch noch recht holpriges Englisch ein wenig aufpeppen. Was auch beruflich sicherlich von Vorteil wäre, egal wie die Zukunft aussehen würde. So oder so.

„Außerdem treffe ich da bestimmt meine Traumfrau", vertraute ich Maisie an.

„Ach, ist das so?", fragte sie ironisch. „Und? Wer soll das sein?"

„Na Fiona!", rief ich schwärmerisch, „Fiona von Iona! Wer denn sonst?"

Wir lachten beide los, hielten dabei aber Augenkontakt.

„Mal im Ernst", sprach ich dann weiter, „da gibts 'n Coffee House, wo man Leute sucht zum Kochen, Abwaschen und Bedienen und so. Weil da viele Tagestouristen kommen. Hört sich doch erst mal interessant an."

„Richtig", bestätigte Maisie, „das ist 'ne bekannte Insel, mit 'ner berühmten Abtei. Historisch alles sehr bedeutend. Columban, sechstes Jahrhundert. Kennt jeder in Schottland."

„Klar", nickte ich, „da liegt ja angeblich sogar Macbeth beerdigt, und so gut wie alle schottischen Könige. Auch irische und norwegische, und Wikinger. Und um die Ecke, auf Jura, da hat Orwell sein Buch ‚1984' geschrieben. Keine Angst, der Schlangenkönig weiß Bescheid!"

„Du hast dich aber gut informiert", staunte Maisie, jetzt gänzlich ohne Ironie.

„Ja, und zur anderen Seite ist die kleine Insel Staffa mit Fingal's Cave, dieser Höhle mit den sechseckigen Basaltsäulen", legte ich gleich noch weiter nach. „Ich war heute Vormittag nämlich in einem großen Buchladen, da hab ich 'ne halbe Stunde lang im Reiseführer geblättert."

Ich trank einen Schluck Kaffee und sah sie verschmitzt an.

„Schottland hat schließlich 'ne Menge zu bieten!", grinste ich. "Obwohl…".

„Was obwohl?", hakte Maisie nach, anscheinend schon wieder auf einen schrägen Spruch von mir gefasst.

„Na momentan ja jedenfalls nicht mehr ganz so viel", entgegnete ich mit Unschuldsmiene.

„Wiesc, was meinst du?", fragte sie verständnislos.

„Na weil das Beste aus Schottland doch gerade in Berlin ist", antworte ich, und zumindest ihrem Blick nach zu urteilen schien durchaus angekommen zu sein, was ich eigentlich damit hatte sagen wollen.

Auf dem Rückweg zur Herberge mussten wir kurz an einer Ampel warten. Ich blickte flüchtig hoch zum Himmel, ein paar Wolken schoben sich immer mal wieder vor die Sonne, aber es war kein Regen zu befürchten. Maisie stand dicht neben mir, und ich sah ihr ins Gesicht. Sie hatte ja eigentlich graublaue Augen, aber jetzt erschien deren Farbton ein bisschen anders als gestern in der Sonne, auf der Liegewiese hinter der Herberge. Und plötzlich überkam es mich einfach, ich nahm vorsichtig eine ihrer schönen Prinzessinnenhände, legte sie mir auf die Brust, blickte sie treuherzig an und gestand ihr ohne groß zu überlegen: „Maisie, ich mag dich … well … for me, you are special."

Sie lächelte bloß, aber dafür richtig lieb, und mir wurde ganz schwindlig.

„Aber das darfst du doch nicht verraten!", flüsterte sie schließlich sanft.

„Doch, doch", widersprach ich, „ich darf dir nur nicht sagen, weshalb genau!"

„Also keine quantenmechanischen Komplimente?", vergewisserte sie sich.

Stumm schüttelte ich den Kopf und spürte, wie eine warme Glückswelle in mir aufstieg, und dann nahm ich sie fest in die Arme und drückte ihr einen Kuss in die Halsbeuge.

Mit Kendra blieben wir erst noch ein bisschen auf ihrem Zimmer hocken.

„Hier, das musst du hören, wenn du nach Iona gehst", meinte Maisie und gab mir eine Kassette mit schottischen Folksongs.

„Schon verrückt", sagte ich, nachdem ich mich bedankt und die Kassette eingesteckt hatte, „ich will ferne Inseln erkunden und kenne mich noch nicht mal richtig in Westberlin aus. Eigentlich müsste ich erst mal 'ne Woche Urlaub nehmen und mit euch hier anständig durch die Bars sumpfen."

„Nichts dagegen", erwiderte Kendra schulterzuckend, und auch Maisie schien dem nicht ganz abgeneigt zu sein.

„Ich meine, das wäre doch der Gipfel der Dekadenz!", lachte ich. „Urlaub machen in der Stadt, in der man selber lebt!"

Später am Abend gingen wir los in die Disco, eine spezielle Rock-Disco, dem Vernehmen nach. Zwei Jungs aus der Herberge, die ich vom Sehen kannte, kamen auch noch mit. Der eine war Kanadier und der andere ein Brite aus dem Lake District, was wohl irgendwie schon fast an Schottland grenzte.

Wir setzten uns erst mal an einen der Tische und bestellten Getränke.

Ich nahm die gleiche Sorte alkoholfreies Bier wie in der Jugendherberge, dazu ein Glas Scotch.

„Schottischer Whisky, euch zu Ehren!", erklärte ich feierlich und prostete Maisie und Kendra zu.

Woraufhin die beiden jedoch bloß ziemlich merkwürdig grienten.

„Was ist?", hakte ich nach. „Stimmt was nicht?"

Kendra und Maisie schienen sich inzwischen fast kaputt zu lachen.

„In Schottland würden sie denken, du bist verrückt", meinte Kendra schließlich. „Richtig starken Whisky, und dazu alkoholfreies Mädchenbier."

„Na und?", rief ich. „Hab ich mir jetzt deswegen den Unmut irgendwelcher garstigen Druiden aus grauer Vorzeit zugezogen? Die nun gleich auf bösen schottischen Kelpie-Horses angaloppiert kommen, oder wie? Mir schmeckt das eben so, und gut! Ich habs sowieso nicht groß mit Konventionen. Pfeif drauf, das ist mir schnurz!"

Die letzten paar Worte hatte ich auf Deutsch gesagt, und ‚schnurz' schien besonders Maisie zu belustigen.

Wir tanzten immer mal ein bisschen, zappelten alle zusammen ab zu ‚Somebody to Love' und ‚Wooden Ships' von Jefferson Airplane, dann kam was von U2 und Guns n' Roses und andere aktuelle Sachen. Dire Straits, The Police, R.E.M. und sowas.

In den Pausen schleppten die beiden anderen Jungs fleißig Cocktails an, und natürlich trank ich mit und holte dann auch jeweils eine Runde. Irgendwann lief Frumpys ‚How the Gipsy was born', ein wahres Juwel des Deutschrocks, der Song, bei dem ich meine Stereoanlage zu Hause immer bis fast zum Anschlag ausreizte, und flüchtig ging mir dabei durch den Kopf, ob Nathan das wohl kannte? Schätzungsweise war er ja eher auf britische und amerikanische Rockbands fixiert. Ich sollte ihm das mal auf Kassette überspielen, dachte ich, und am besten gleich noch zwei, drei ostdeutsche Top-Nummern dazu.

Allmählich spürte ich nun den Alkohol, und dann kriegte ich auf einmal mit, dass Kendra mit den beiden anderen losging, Maisie aber blieb.

„Oh, schon fast 23 Uhr und 60 Pfennige!", tat ich erschrocken. „Gleich ist Mitternacht, du musst mich schnell nach Hause bringen! Bring me to the Wedding, please!"

Ich trank noch in Ruhe aus, und Arm in Arm schoben wir schließlich ab.

„Immer schön das Momentum beibehalten", murmelte ich unterwegs vor mich hin, kicherte dabei ein bisschen und küsste Maisie auf die Haare.

„Was bedeutet das?", fragte sie auf Deutsch.

„Das ist ein alter germanischer Zauberspruch", antwortete ich übertrieben lallend, „top secret, and very effective. Den haben nur Schlangenkönige drauf. Du wirst schon sehen!"

„Pah!", machte sie und verdrehte die Augen.

„I put a spell on you", trällerte ich.

Aneinandergelehnt saßen wir dann in der Bahn, schon etwas müde und hinüber, zumindest was mich betraf. Aber gleichzeitig klopfte mein Herz auch ganz schön aufgeregt.

„Mmh, was riecht so gut bei dir", fragte Maisie schnuppernd, als wir endlich bei mir zu Hause die Tür zum Salon öffneten. „Was ist das?"

„Räucherstäbchen", antwortete ich und zündete gleich noch ein neues an.

„Hypnotisiert die Frauen, macht sie bewusstlos."

„Pass mal auf, dass du nicht bewusstlos umkippst", spottete sie.

„Ach, so schlimm wirds schon nicht werden", beruhigte ich sie.

Eigentlich hatte ich ja auch gar nicht so viel getrunken, zwei doppelte Whisky, oder nein, drei, aber über den ganzen Abend verteilt, plus drei alkoholfreie Bier. Naja, und noch zwei Cocktails oder so.

Ich war höchstens leicht angeschickert.

„Aber falls mir doch ein bisschen schwindlig werden sollte", ließ ich sie wissen, „dann kommt das sowieso nicht vom schottischen Whisky, sondern mehr von der schottischen Maisie."

Als Erstes stellte ich eine Flasche Wasser aus dem Kühlschrank auf den Tisch, dazu zwei Gläser, dann verkündete ich: „Paragraph eins der Hausordnung lautet: Wer im Hotel Snäkie übernachtet, der muss sich wohlfühlen!"

Danach warf ich die Stereoanlage an und legte eine Kassette ein, und ,The Flood' von Peter Gabriel erklang. Auch gut, dachte ich, aber eigentlich suchte ich etwas anderes. Also schob ich die nächste Kassette rein, und ,Peace of Mind' von Shakti, das Stück mit der schönen Geige, erfüllte das Zimmer.

Ein wenig erschöpft ließ ich mich anschließend in den Sessel fallen, und Maisie setzte sich auf meinen Schoß und kuschelte sich an mich.

„You are my hero", flüsterte sie mir ins Ohr.

„Ich bin superglücklich", erwiderte ich leise, „ach was, ein Glück reicht gar nicht, zwei Glücke", und ich streichelte sie einfach bloß immer wieder.

Coltrans ,Naima' folgte, eins der Stücke, die ich erst heute am Vormittag von den ausgeliehenen CDs überspielt hatte, und ich wollte Maisie gerade noch sagen, sie müsse auf diesen filigranen Schluss achten, der mich irgendwie an aufsteigende Rauchkringel erinnerte. Aber ich konnte auf einmal nicht mehr sprechen, weil sich plötzlich ein Paar Lippen hauchzart auf meinen Mund legte und mich alles andere vergessen ließ.

Am nächsten Morgen hätte ich eigentlich locker ausschlafen können, bis zur Spätschicht am Nachmittag, aber Maisie musste ja leider um neun bei Renates Putztruppe antreten. Also kletterte ich kurz vor acht vom Hochbett runter und kochte Kaffee, und jeder von uns bekam zum Frühstück eine Brötchenhälfte mit Marmelade.

Sogar der Kater gab sich die Ehre und stattete uns einen Besuch ab.

„Hallo, El gato viejo, na wie gehts, Kumpel?", murmelte ich, als ich ihm das Fenster öffnete. „Oder soll ich dich lieber ‚Schrödingers Kater' nennen?"

Denn bei dir hat man auch erst Gewissheit, dass du noch quicklebendig bist, wenn man hinguckt und dich auf dem Fensterbrett hocken sieht, dachte ich.

„Was sagst du?", fragte Maisie von der Toilette aus.

„Ach nichts", antwortete ich, „nur 'n kleiner quantenmechanischer Disput unter Männern."

Maisie putzte sich noch die Zähne, gab mir einen Abschiedskuss und machte sich auf den Weg zur Arbeit, und ich stieg wieder die Leiter hoch ins Bett. Oben legte ich mich auf ihre Seite, die Wärme war noch spürbar, zog mir die Decke über den Kopf und schlief bis um zehn.

Die heiße Jasmin aus Wien hatte gestern ausgecheckt, berichteten mir Klaas und Ingo bei der Schichtübergabe gleich als Erstes.

„Die hat einer abgeholt, mit 'nem rotem Cabrio", erzählte Klaas, „so 'n richtiger Straffke aus der Muckiebude, mit fetter Sonnenbrille, und sie im engen Minikleid. Wie im Film."

Er lachte und fuhr fort: „Noch fix die Reservierung für die nächsten zwei Tage storniert und den Zehner Schlüsselpfand abgeholt, und weg war sie."

„Das ging dann ja wohl schneller als bei Old Arthur Morris", staunte ich.

„Yupp, so wirds gemacht", gab Ingo seinen Senf dazu.

„Tja, die weiß, wies geht", pflichtete Klaas ihm bei.

„Du, die weiß garantiert, wie so manches geht", nickte Ingo.

„Davon ist auszugehen", bestätigte Klaas trocken.

„Mit Sicherheit."

„Na jedenfalls hat sie jetzt erst mal was Besseres."

Wäre zumindest zu hoffen, dachte ich bloß.

Für die nächste Stunde blieb Ingo heute allein an der Rezeption, denn ich zog mich ins Hinterstübchen zurück, um den Belegungsplan für September zu erstellen, was für mich so ziemlich die letzte verbliebene Herausforderung in diesem Hause bildete. Eigentlich gehörte die Zimmerplanung zwar gar nicht zu meinen Aufgaben, aber ich hatte sie schon öfter übernommen. Von meinen Kollegen, Jens eingeschlossen, war ja auch niemand sonderlich scharf auf diese knifflige Puzzelei. Doch mir machte es Spaß, aus all den theoretisch vorhandenen Möglichkeiten die beste Variante herauszufiltern, so dass dabei am Ende die wenigsten Einzelgast-Umzüge nötig wurden. Jungen und Mädchen getrennt, Gruppen am besten dicht zusammen auf dem gleichen Flur, und Busfahrer und Leiter im Einzelzimmer – so lauteten die Vorgaben. Die bisher für September bestätigten Reisegruppen hatte ich mir bereits fein säuberlich aufgelistet und auch schon ein paar Vorüberlegungen angestellt, jetzt ging es nur noch darum, sie alle optimal auf das vierstöckige Haupthaus und den sechsstöckigen Anbau zu verteilen. Es gab wenige Ein- und Zweibettzimmer, einige Drei- und am meisten Vierbettzimmer, etliche Fünfer und Sechser, plus die zwei mit einem offenen Durchgang verbundenen Vierer, die praktisch ein Achter bildeten. Insgesamt an die vierhundert Betten in rund einhundert Zimmern. Natürlich konnte man im Notfall beispielsweise auch ein Doppelzimmer als Einzelzimmer nutzen, indem man das zweite Bett sperrte – doch dann verschenkte man eben einen Platz. Wie gesagt, es war eine komplexe Puzzlearbeit, aber mir gefiel es, wenn sich zu guter Letzt die Teile zu einem großen Ganzen fügten und alles möglichst nahtlos passte.

„Na, fertig?", fragte Ingo, als ich schließlich wieder vorn bei ihm auftauchte, mit der großen Papierrolle unterm Arm. „Weißer Rauch, Konklave beendet?"

„Ja", nickte ich, „hab Kalender und Belegungsplan eben erfolgreich verbrannt. Also, Hostel wird zugesperrt, Betriebsferien im September. Alle Mann ab nach Trinidad und Tobago. Oder auf die kleinen Langerhans-Inseln, da, wo nur der Chefarzt Urlaub macht. Alter Medizinerwitz, haha."

„Gute Idee", meinte Ingo, und weil es gerade ziemlich ruhig an der Rezeption war, ging ich kurz raus auf den Hof, um Nathan an seinem Stammplatz zu besuchen. Aber ich hörte keine Musik, und die Wiese war fast leer, nur Maisie und Kendra sah ich mit zwei anderen Tischtennis spielen, sie schienen voll bei der Sache zu sein und ließen sich nicht mal für einen Moment ablenken.

Auf dem Rückweg sprach mich in der Halle ein Mädchen an, eine Neuseeländerin, es ging mal wieder um die vermaledeite Waschmaschine. Sie hätte nur ein paar T-Shirts gewaschen, vor einer Stunde schon, und wollte die fertigen Sachen nun eigentlich rausholen, so erzählte sie mir, aber die Maschine liefe jetzt immer noch, allerdings mit anderer Wäsche darin. Die Auflösung des Rätsels war dann freilich, dass der aktuelle Benutzer, ein etwas dösiger Südafrikaner, ihre drei oder vier T-Shirts, die nach dem Schleudern am Innenrand der Trommel klebten, schlichtweg übersehen hatte und seine Ladung Klamotten bloß bräsig durch das Bullauge zusätzlich hinein gestopft hatte, für einen neuen, gemeinsamen Waschgang.

„Nach althergebrachtem polynesischen Ritus gilt das Paar damit als verheiratet", scherzte Ingo, der die Angelegenheit von der Rezeption aus kommentierte, und er konnte sich ein Lachen nicht verkneifen.

Aber auch die beiden derart schicksalhaft Verknüpften nahmen die Angelegenheit nun offenbar mit Humor, obwohl der Verursacher des Ganzen noch immer ein wenig betreten dreinschaute. Er hatte dem Mädchen eine Cola vom Automaten geholt und sich für sein Missgeschick entschuldigt.

Inzwischen hatten sich zwei neue Gäste mit Reservierung an der Rezeption eingefunden, die dank Ingo bereits ihre Anmeldekarten ausfüllten.

„Ich mach schon", brummte ich und übernahm, damit Ingo sich schon mal auf seinen nahenden Feierabend vorbereiten konnte. Händewaschen, auf Toilette gehen, die Schuhe wechseln, was weiß ich. Kämmen nicht vergessen! Während die beiden Männer schrieben, legte ich mir die Zimmerschlüssel zurecht, tippte die entsprechenden Eingaben in die Kasse und nahm dann die ausgefüllten Karten und die Jugendherbergsausweise entgegen.

„Ihre Nationalität bitte hier noch eintragen", sagte ich und zeigte auf die leere Spalte im Formular.

„Ja was da eintragen?", fragte der eine auf Deutsch, allerdings mit stark osteuropäischem Akzent.

Ich klappte kurz den ersten Mitgliedsausweis auf, es war ein polnischer.

„Na Polen", erwiderte ich, während ich gerade vorsichtig im Belegungsplan die Reservierung der schönen Jasmin ausradierte, die dort versehentlich noch immer eingezeichnet war.

„Niiiix Pollen, Obärrschläsien!", erhielt ich jedoch entrüstet zur Antwort.

Ich verstand nicht, was die beiden wollten.

Sie hatten doch polnische Jugendherbergsausweise?

„Obärrschläsien, das is niix Pollen!", wiederholten sie.

Ich krieg gleich 'ne Pollenallergie, dachte ich, was soll das denn jetzt werden?

"Also ich kenne kein Land, das Oberschlesien heißt", entgegnete ich friedlich.

„Na egal, dann lasst es eben offen, ist eh nur für unsere Statistik."

Ich kassierte sie ab und erklärte ihnen alles Nötige, und als sie weg waren, trug ich ‚Polen' in beiden Karten nach. Damit auch alles seine Ordnung hatte.

Ingo, der inzwischen wieder vom Waschraum zurückgekommen war und die Szene mitbekommen hatte, grinste bloß vor sich hin.

„Ich war mal vor Jahren zum Familientreffen", erzählte er, „bei meinem Opa aufm Dorf. Die ganze weitläufige Sippe, auch 'n paar Russlanddeutsche dabei, und die hießen Fischer, König oder eben Kenig, und Koch. Aber das Witzigste war, die ‚echten' Deutschen hatten Namen wie Przybylski, Rugalski und Rogowski."

Er zuckte mit den Schultern. „Alles relativ, am Ende bloß Schall und Rauch."

Damit verabschiedete er sich in den Feierabend, und kaum hatte ich mir hinterher im Radio einen einigermaßen vernünftigen Sender eingestellt, da klingelte das Telefon, und ich durfte den Anruf eines weiteren Jasmin-Verehrers entgegennehmen, der nun allerdings das Nachsehen hatte, worüber er untröstlich zu sein schien. Er wollte sich aber nicht damit abfinden und ließ einfach nicht locker. Bloß da konnte ich ihm wohl auch nicht weiterhelfen.

„Wie gesagt, da sind Sie leider zu spät dran, die hat heute Vormittag schon ausgecheckt, und mehr ist hier nicht bekannt", beschied ich ihn knapp, nun schon zum dritten Mal, legte dann auf und drehte die Musik wieder lauter.

Ein abreisender Amerikaner, den ich in den letzten Tagen einige etwas ausführlichere Auskünfte zu West- und vor allem zu Ostberlin gegeben hatte, holte sein Gepäck aus dem Schließfach und schenkte mir zum Abschied eine Zwei-Dollar-Note. Es ginge dabei weniger um den Geldwert, meinte er, sondern vor allem um die Tatsache, dass diese Scheine sehr selten wären. Etliche Legenden rankten sich angeblich um diese Sammlerstücke, was mir Dauergast Arthur Morris, der mal wieder in der Nähe saß und mitgehört hatte, durch bedächtiges Nicken bestätigte.

Dann kam Nathan zur Eingangstür hereingeschlendert, mit Caroline im Arm. Die beiden grüßten kurz, und ich winkte sie zu mir an den Tresen.

Es wäre ihr vorletzter Tag, teilten sie mir mit, übermorgen wollten sie gemeinsam weiter nach London fliegen.

„Hier, ich hab was für dich", sagte ich zu Nathan und gab ihm das Buch. „Keine Angst, war nicht teuer, also nix zu danken. Aber wenigstens die Ringparabel musst du einfach kennen, das ist bei deinem Namen Pflicht. Sind nur 'n paar Seiten, zum Thema Religion. Lesezeichen liegt an der Stelle drin."

„Thanks", antwortete er, „aber du weißt doch: Musik ist meine Religion, und da kann jeder beitreten, sofort. And that's it."

„Ja dann", lachte ich, „also okay, was gibts da mehr zu sagen? Hast ja recht, eigentlich brauchst du den alten Kram gar nicht lesen. Dann stells dir eben bloß ins Regal, auch gut."

Nach dem Abendessen meldete sich der amerikanische Journalist Keith wieder bei mir, wegen des versprochenen Interviews, und da ich sowieso noch zehn Minuten Pause hatte, drehte ich die Zeiger der Holzuhr im Rezeptionsfenster einfach bloß ein kleines Stückchen vor und setzte mich anschließend mit ihm an einen der Tische im Foyer.

Er arbeitete für eine Agentur in Boston, teilte er mir vorab mit, aber davon hatte ich ja sowieso keine Ahnung.

„Also, was möchtest du wissen, los gehts!", bot ich ihm rundheraus an.

„Warum bist du in den Westen gegangen?", fragte er.

„Warum ich rüber bin?", lachte ich. „Na Mensch, ich wollte mir einfach auch mal die bunte Seite der Mauer angucken! Und das darfst du ruhig sowohl wortwörtlich als auch als Metapher nehmen!"

„Okay, das ist schon mal ein guter Start!", nickte er lächelnd.

„Naja im Ernst", brummte ich, und dann begann ich ihm von unserem Landhaus, unserer ‚Landkommune Freedom', zu erzählen, mit der wir unsere eigenen Vorstellungen vom Leben zu verwirklichen versucht hatten.

„Aber vermutlich passte den roten Genossen schon mal unsere Lässigkeit nicht", erklärte ich lapidar, „und deswegen haben sie uns im Alltag einen Stein nach dem anderen in den Weg gelegt. Jedenfalls ergab es sich so, dass ich eines Tages aufwachte und fast nur noch Leute mit Ausreiseantrag kannte, oder welche, die bereits drüben beziehungsweise im Knast waren. "

Ich zuckte mit den Schultern.

„Der Letzte macht das Licht aus, so hieß es damals."

Keith erkundigte sich nach einigen Details, machte sich auch Notizen, und allmählich entwickelte sich ein richtig gutes Gespräch, fand ich. Offenbar interessierte er sich besonders für die ganz individuellen Prozesse der inneren Wandlung, die der Beantragung der Ausreise vorausgegangen waren.

„Weißt du", philosophierte ich dazu schließlich ein bisschen, „es heißt doch, dass jeder Mensch nach ungefähr sieben Jahren durch die permanent im Körper ablaufende Zellerneuerung einmal vollständig durchrenoviert und umgekrempelt worden ist. Freilich immer nach demselben genetischen Bauplan, aber trotzdem. Also sozusagen ein komplett neuer Mensch, alle sieben Jahre, zumindest von der Substanz, von den Atomen her. Naja, und ich war nach dem Abitur sieben Jahre lang Hilfsarbeiter, und das hat mich innerlich schon vollständig verändert. Denn all das vorher in der Schule Gelernte war das Eine, die sieben Jahre im realen Leben jedoch das Andere."

„Also Theorie und Praxis?", brachte es Keith auf den Punkt, und ich nickte.

Anschließend kamen wir auch auf einige meiner oppositionellen Aktivitäten zu sprechen, unter anderem auf die Protestaktion um die Zionskirche in Ostberlin, an der ich mehrere Tage lang beteiligt gewesen war.

„Ja, das ging damals ganz gut durch die Westpresse, vor knapp drei Jahren", bestätigte ich ihm, in ein paar Zeitungen waren dazu sogar Fotos von mir erschienen. Aber wohl hauptsächlich wegen meiner langen Haare, und weil ich zeitweilig direkt am Kircheneingang gestanden hatte.

Wilde Zeiten, dachte ich bloß rückblickend.

„Und heute, in Westberlin, bist du hier irgendwie engagiert oder politisch aktiv?", wollte Keith zum Schluss noch von mir wissen.

„Naja", antwortete ich lächelnd und wies im Foyer in die Runde, „jeden Tag mit jungen Leuten aus aller Welt in intensivem Austausch - ich meine, mehr geht doch wohl eigentlich gar nicht, oder? Make love not war!"

Wir grinsten beide, besonders weil ich aus purem Zufall hauptsächlich in die Ecke gezeigt hatte, in der gerade lauter hübsche Südamerikanerinnen saßen.

„Nein, zumindest bin ich nicht organisiert, in keiner Partei", ergänzte ich dann aber noch etwas ernster, und damit war das Interview beendet und ich ging wieder zurück an meine Arbeit.

Nathan und Caroline erschienen noch einmal an mein Fenster und schenkten mir ein kleines Aufstellschild aus Pappe mit meinem Vornamen, unter dem in verzierter Schnörkelschrift zu lesen stand: ‚*Director of First Impressions*'. Denn dies und nicht bloß jenes schnöde ‚*Rezeptionist*' wäre der mir angemessene Titel, wurde mir von ihnen mit der gebotenen Feierlichkeit eröffnet.

Jens, der zufällig gerade aus den Tiefen des Bürotrakts nach vorn gekommen war, um einfach mal nach dem Rechten zu schauen, staunte nicht schlecht.

„Tja, wir sind eben ein nobles Haus", stellte ich fest, „wir haben zusätzlich zum Hinterzimmer-Chef ab jetzt noch einen ganz speziellen Begrüßungs-Direktor. Plus nicht zu vergessen, draußen sogar einen echten Nachtportier."

Wobei ich dann noch einmal auf die Episode von vorgestern zurückkam, mit der Familie auf dem Parkplatz, und bei der Gelegenheit auch erwähnte, dass Horst sich wegen der Abnutzung seiner kostbaren Batterien beschwert hätte.

„Na gib ihm welche von hinten aus unserem Vorrat", meinte Jens bloß dazu.

„Am besten, wir besorgen ihm noch so 'ne richtige Gala-Livree", schlug ich vor, denn mit mir ging schon wieder die Phantasie durch. „Auf dem Flohmarkt, da gibts doch jetzt den ganzen Kram in Hülle und Fülle zu kaufen. Alte Ost-Uniformen, Polizei, Armee, auch von den Russen, mit sämtlichem Lametta und Klimbim. Da kriegt er 'ne Offiziersjacke vom Feinsten, und 'ne schicke Pelzmütze, und dann stehen die vor ihm alle stramm wie vor 'nem echten besoffenen Russengeneral."

Ja, so trieb ich wieder meine ruchlosen Späße, diesmal auf Kosten des armen, gestrandeten Schluckspechts da draußen. Aber es waren letztendlich ja harmlose Späße, und Horst juckten sie wahrscheinlich am allerwenigsten.

Nachdem die Gruppen mit dem Abendessen durch waren, stattete ich der Küche einen letzten Besuch für heute ab.

„Der Müllmann ist da!", rief ich. „Alles fertig, soll ich den Beutel raustragen?"

Halina lächelte dankbar und nickte, und ich machte oben einen Knoten in die Plastiktüte und hob sie aus dem Behälter.

Drei einsame vegetarische Bouletten lagen noch in einer kleinen Schüssel am Herd. Eine von der Sorte hatte ich selber erst vor einer Stunde zum Abendbrot probiert und als durchaus essbar eingestuft.

„Ach komm, bevor die hier bloß rumoxidieren, bringe ich sie Horsti raus", schlug ich vor, und Halina legte die drei Körnerklopse auf einen Pappteller und machte dazu ein bisschen Ketchup an den Rand, und ich balancierte das Ganze anschließend vorsichtig nach draußen. In der einen Hand den Abfallsack, in der anderen den dünnen, sich durchbiegenden Pappteller.

Horst hockte mit verklärtem Blick auf seinem merkwürdigen Pilotensitz Marke Eigenbau, eine Bierflasche neben sich.
Aus seinem Radio war leises Geplapper und Applaus zu vernehmen.
„Mahlzeit der Herr, das Menü ist da!", rief ich, ließ die Mülltüte fallen und übergab ihm mit beiden Händen erst mal die wacklige Essenslieferung.
„Na dann, wohl bekomms!", wünschte ich.
Horsti murmelte etwas, das sich wie ‚danke' anhörte, stellte die Bratlinge einfach in seinem Schoß ab und machte sich sogleich darüber her, während ich den Plastiksack wieder aufnahm und weiter hinten in den Container warf.
Jetzt hörte man eine Art Balalaika schrammeln, und dann legte eine zittrige Falsettstimme auf einmal voll los:

Goodbye, my Love Goodbye,
Goodbye, auf Wiedersehn,
die Zeit im Sommersonnenschein
mit Dir allein, war schön.
Goodbye, my Love Goodbye,
das Glück wird nie vergehn,
ich bleib Dir treu, bis wir
uns einmal wiedersehn.

„Den mag ich!", rief Horst beinahe enthusiastisch, sich dabei die nächste Boulette einverleibend, und seine Laune wurde sogar noch besser, als ich ihm drei neue 1,5 Volt-Monozellen neben seinen Sitz legte, die gleiche Sorte Batterien, die wir auch selber für unsere Taschenlampe verwendeten.
„Mit Empfehlung vom Chef", ließ ich ihn wissen, „aber denk dran: immer schön ruhig bleiben und keinen Ärger machen!"
‚Nur der Wind, er begleitet mich, mit seiner Melodie', schmachtete der Sänger weiter, Horst brummte mit geschlossenen Augen die zweite Stimme dazu, und ich verdrückte mich gleich erst mal wieder in Richtung Küche, zum Händewaschen.

Nach der Spätschicht kam Maisie wieder mit zu mir nach Hause.

Wir gingen zunächst ein Stück zu Fuß, immer am Wasser entlang, am Ufer des Landwehrkanals. Es war noch warm, Maisie hatte zwar eine dünne Windjacke übergezogen, aber nicht mal die hätte man eigentlich gebraucht. Ich war jedenfalls nur im T-Shirt unterwegs.

„Hmm, du riechst gut", seufzte ich hingerissen bei jeder Umarmung aufs Neue und schnupperte an ihren feuchten Haaren.

„Ja, ich war ganz verschwitzt vorhin vom Tischtennis und musste erst mal duschen", lächelte sie, „aber immerhin haben wir gewonnen."

Maisie vertraute mir an, dass Kendra wohl mit dem Kanadier von neulich angebändelt hätte und insofern ganz froh wäre, dass sie das Zimmer heute Nacht für sich allein haben konnte, beziehungsweise eben mit ihm zu zweit.

Ich berichtete ihr von meiner Spätschicht, von der Neuseeländerin mit ihren T-Shirts in der Waschmaschine, meinem neuen *Director*-Namensschild, dem Interview mit Keith und auch von dem Belegungsplan für den nächsten Monat, den ich fertiggestellt hatte.

„Weißt du", sagte ich, „jetzt kenne ich hier doch wirklich schon alles in- und auswendig, jedes einzelne Zimmer aus dem Kopf. Ich kann dir aus dem Stand den Etagenplan aufmalen, mit allen Betten. Zweieinhalb Jahre bin ich nun schon hier! So lange wollte ich anfangs gar nicht bleiben, als ich damals in der Küche als Smutje angefangen hatte, aber es kam ja immer was Neues. Sogar Chefvertretung bei Gruppeneinweisungen hab ich letztens schon gemacht. Bloß die Perspektive fehlt mir irgendwie. Klar, es macht noch Spaß, aber auf Dauer? So wie Klaas? Also ich weiß nicht recht."

„Wenns am schönsten ist, dann soll man gehen", erwiderte Maisie mit charmantem Lächeln auf Deutsch, „hast du mir doch selbst beigebracht."

„Ja, stimmt", lachte ich, „da hast du aber gut aufgepasst!"

„Na jedenfalls, ich hab hier doch eigentlich alles durch", fasste ich noch einmal zusammen, „und außerdem, also ich meine, alle kommen hier zu mir an die Rezeption, aus sämtlichen Ländern, und jetzt wird es endlich mal Zeit, den Spieß umzudrehen und selber ein bisschen mehr zu reisen oder eine Weile im Ausland zu leben. Im Osten durfte ich ja in letzten Jahren überhaupt nicht mehr raus, nicht mal nach Polen. Wegen meinem Ausreiseantrag."

„Da kommt gerade ein Bus!", rief Maisie plötzlich. „Wollen wir den für die restliche Strecke nehmen?"

„Na los gehts!", stimmte ich ihr zu, und wir rannten die fünfzig Meter bis zur nächsten Haltestelle und stiegen dort in das gelbe Großraumvehikel ein.

In meiner Wohnung angekommen, machte ich mir erst mal eine Flasche von dem polnischen Flohmarkt-Bier auf.

„Möchtest du probieren?", bot ich Maisie an, aber sie schüttelte den Kopf. Stattdessen holte sie einen bunten Aufkleber aus der Tasche, mit einem Scotland-Schriftzug sowie dem Wappen, der Flagge und der Distel drauf.

„Darf ich?", fragte sie, und als ich nickte, zog sie die Folie von der Rückseite des Stickers ab und drückte ihn an die Spiegeltür meines Kleiderschranks.

„Ich hab noch mehr davon", verriet sie währenddessen mit verschmitztem Lächeln. „In der Disco von gestern, da hängt jetzt übrigens auch einer."

Sie trat einen Schritt zurück vom Schrank, betrachtete ihr Werk und schien damit zufrieden zu sein.

„This is Scottish territory now!", proklamierte sie und warf sich mir fröhlich in die Arme.

Wir schmusten ein wenig im Stehen, aber der grobe Metallreißverschluss ihrer Windjacke störte jetzt doch merklich dabei; besonders dieses klobige, fast fingernagelgroße Schiebeteil drückte auf Dauer unangenehm.

„Warte mal", flüsterte ich, zog ihr den Blouson aus und nahm sie dann gleich wieder in die Arme, in ihrem dünnen Flatterhemdchen.

Jetzt fühlte es sich viel besser an.

Ich spürte ihre nackten Schultern, strich ihr mit den Fingerspitzen auf beiden Seiten am Hals entlang und über ihr unglaublich zartes Schlüsselbein. Klavikula, wie das lateinische Clavicula eingedeutscht hieß, so hatte ich es irgendwo mal gelesen, ja ich merkte mir auch jeden Mist. Gedankenfetzen waberten mir durchs Hirn, ich streichelte sie, küsste sie in die Halsbeuge. Schlüsselbein, welch Schlüssel fein, Klavikula, die Klaviatur, ein Finger, ein leichtes Antippen, und noch einer, ich konnte ihr in den Ausschnitt gucken, das war aber anders als am Tresen, hier wusste sie es, so wie sie mich ansah. Langsam streifte ich ihr einen Träger über die Schulter, das Hemdchen hing jetzt nur noch an der anderen Seite, und wir sahen uns in die Augen.

Nur nichts überstürzen, ging es mir durch den Kopf, das werden wir mal richtig schön langsam angehen. Mit zwei Fingern strich ich den verbliebenen Träger sacht zur Seite, erst an den Rand der runden Schulter, und dann darüber hinweg, und das bisschen Stoff glitt runter bis zum Bauchnabel, es fiel beinahe wie das seidene Verhüllungstuch bei einer Vernissage.

Nur eben viel, viel schöner.

Diesmal blieben wir bis um halb elf im Bett, denn glücklicherweise hatte Maisie heute frei und ich wieder Spätschicht.

Schau an, dachte ich, meine schüchterne Pfarrerstochter...von wegen!

Wenn das der gestrenge Gottesmann wüsste! Aber zumindest der himmlische Vater dürfte doch eigentlich von ihr begeistert sein, fand ich, denn so, wie sie sich mir als Meisterwerk seiner Schöpfung präsentierte...

Zum Frühstück hörten wir ihre Kassette mit den schottischen Folksongs. Einiges fand ich, nun ja, eher altbacken, doch ein paar Lieder waren ganz annehmbar. Insbesondere dieses ‚Wild Mountain Thyme' gefiel mir wirklich sehr gut.

„Das hat was, muss ich zugeben", brummte ich anerkennend und spulte hinterher gleich nochmal zurück.

Gemütlich beim Kaffee schlug ich dann eine der Zeitungen von letzter Woche auf, die ich aus der Jugendherberge mitgenommen hatte, und blätterte im Anzeigenteil, bei den Reiseannoncen.

„Hier, guck mal", sagte ich, „nur mal so, es gibt jede Menge Angebote. Busreisen, eine Woche Dänemark und Schweden, und nicht zu teuer."

Maisie war jetzt nämlich rund drei Wochen in Berlin, also ungefähr Halbzeit, und ich überlegte, ob wir dann nicht vielleicht ihre letzte Woche noch für eine kleine romantische Auszeit nutzen sollten. Geld wäre bei diesen Beträgen kein Problem, und Urlaub würde ich auch kriegen, das hatte ich bei Jens gestern schon dezent vorsondiert. Also warum nicht?

Maisie faltete die riesigen Zeitungsblätter erst mal etwas kleiner zusammen, damit sie am Tisch bequemer zu handhaben waren, dann sah sie sich ein paar der Anzeigen genauer an.

„Oder hier, Toscana, inklusive rüber nach Elba,", meinte sie und tippte auf eine Annonce, „insgesamt sechs Tage, das wär bestimmt auch gut."

„Klar", stimmte ich ihr zu, „Kann man alles machen, es gibt genug Anbieter."

Wer weiß, wies kommt, sweet Maisie, dachte ich. Wenn alles glatt geht, bin ich nächstes Jahr im April auf Iona und wir touren vorher oder nachher noch 'n paar Tage zusammen durch Schottland, und in einem Jahr studierst du dann hier in Berlin und wohnst bei mir. Bloß so weit waren wir natürlich noch lange nicht. Aber was nicht ist, das konnte ja vielleicht noch werden?

Nach dem Mittagessen fuhren wir zusammen zur Jugendherberge.

Beim Losgehen guckte ich im Hausflur noch in meinen Briefkasten und fand darin eine Ansichtskarte aus Schweden, von Ines.

Es wäre ein schöner Urlaub, schrieb sie, und ich hätte mal besser mitkommen sollen. Aber da war ich nun gänzlich anderer Meinung.

Nathans Musikbox hörte man schon von Weitem, er machte ja heute noch ein letztes Mal den DJ auf der Liegewiese. Uriah Heep, Pink Floyd, Neil Young.

Ich holte mir einen Kaffee bei Julia in der Küche und sah mir dann vorn in der Rezeptionsbutze erst mal den Belegungsplan an.

Eine große Gruppe aus Schweden war für den Abend angekündigt.

Heute ist wohl mein Schweden-Tag, dachte ich, na mal sehen, was das wird.

„Die fallen doch alle wieder besoffen aus 'm Bus und reihern hinten aufn Parkplatz", grinste Klaas, „kennen wir doch. Bollocks! Weil da der Schnaps so teuer ist, lassen die sich hemmungslos auf der Ostseefähre volllaufen, so wie alle Skandinavier. Immer rein in den Hals, das olle Öl! Na viel Spaß!"

Klaas nahm seine Jacke vom Haken und zog los, es war exakt zwei Uhr.

Ich riss mir noch schnell einen Streifen durchsichtiges Klebeband von der Rolle ab und befestigte damit mein schmuckes neues *Director*-Namensschild ganz oben auf der Kasse, damit es von außen auch ja gut zu sehen war, so richtig schön dekorativ, und dann war es mal wieder soweit:

Vorhang auf, es konnte beginnen! Los gehts!

Im Radio lief gerade ‚Nothing's gonna stop us now' von Starship an.

Hm naja, dachte ich, eigentlich klangen die Drums zwar arg nach Teppichklopfmaschine oder primitiver Zirkuspauke, aber was solls, dafür waren Rhythmus und Sound ganz in Ordnung, und das riss es wieder raus.

In bester Stimmung schob ich die Luke auf und drehte die Musik etwas leiser, jedoch so, dass sie im Hintergrund noch zu hören war, und rief in die Runde:

„Good afternoon folks, welcome ladies and gentlemen, how can I help you?"

Die zwei Mädchen ganz vorn in der Schlange lächelten mir neugierig zu, und mit routinierter Geste reichte ich ihnen Formulare und Kugelschreiber nach draußen, so dass sie beide gleich direkt am Tresen mit dem Ausfüllen beginnen konnten, wobei ich der hübschen Blonden schon mal heimlich ein ganz kleines bisschen in den Ausschnitt ihres knallroten T-Shirts spähte.

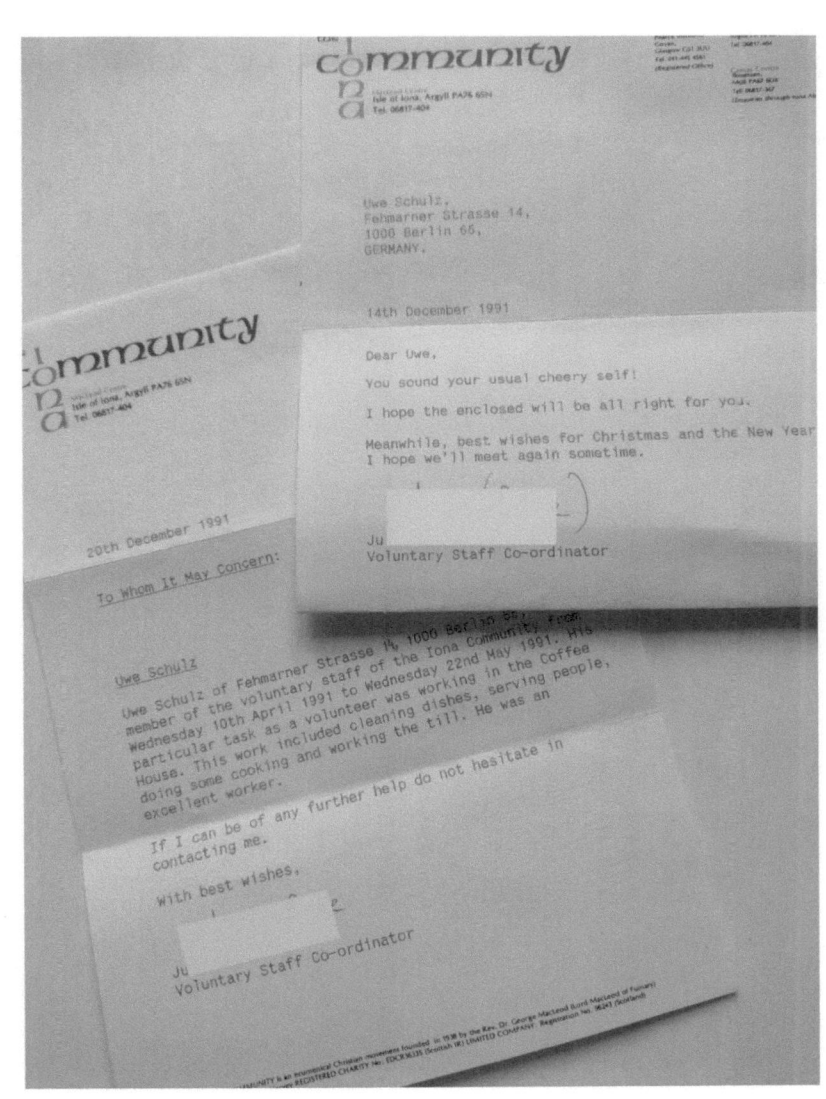

community
iona

Isle of Iona, Argyll PA76 6SN
Tel. 06817-404

Uwe Schulz,
Fehmarner Strasse 14,
1000 Berlin 65,
GERMANY.

14th December 1991

Dear Uwe,

You sound your usual cheery self!

I hope the enclosed will be all right for you.

Meanwhile, best wishes for Christmas and the New Year.
I hope we'll meet again sometime.

Ju
Voluntary Staff Co-ordinator

community
iona

Isle of Iona, Argyll PA76 6SN
Tel. 06817-404

20th December 1991

To Whom It May Concern:

Uwe Schulz

Uwe Schulz of Fehmarner Strasse 14, 1000 Berlin 65, was a
member of the voluntary staff of the Iona Community from
Wednesday 10th April 1991 to Wednesday 22nd May 1991. His
particular task as a volunteer was working in the Coffee
House. This work included cleaning dishes, serving people,
doing some cooking and working the till. He was an
excellent worker.

If I can be of any further help do not hesitate in
contacting me.

With best wishes,

Ju
Voluntary Staff Co-ordinator